es 1787

edition suhrkamp

Neue Folge Band 787

»Der Weg ins Innere und in die Tiefe wird in Hettches Roman zum phantastischen literarischen Abenteuer«, schrieb die Kritik zu Thomas Hettches begeistert aufgenommenem Romandebüt *Ludwig muß sterben.* In *Inkubation* sucht dieser junge Autor einen neuen, gänzlich ungewohnten Weg ins Innere der Geschichten, dorthin, wo das Sprechen immer vom Schweigen bedroht ist.
Zwanzig Texte der letzten Jahre werden komponiert zu einem ineinandergebundenen Prosageflecht und lesbar als Stimmen eines Gesprächs. *Inkubation* ist Kurzroman, Hörspiel und dramatischer Text zugleich. *Inkubation* erzählt, wie ein ICH in seine Geschichten gerät und dort DU findet und wieder verliert: Erzählt wird eine Liebes-, eine Traum- und Todesgeschichte aus der Gegenwart und in der Stadt. Wird eine Geschichte, »Kleid eines unsichtbaren Körpers«, erzählt, phantasiert sie dem Leser diesen Körper, ohne je mehr geben zu können als Rechenschaft über den Raum, den seine Abwesenheit umschreibt. *Inkubation* erzählt von ICHs Suche nach diesem unsichtbaren Körper, dessen Kleider die Geschichten sind, und ist auf solche Weise selbst Geschichte einer Suche und einer Sehnsucht. *Inkubation* erzählt einen stillgestellten Augenblick, in den hinein endlich DU den Blick aufschlägt, unentscheidbar aber muß bleiben, wer sich spiegelt und ob nicht der Text nur in den Augäpfeln des Lesers sich selbst besieht.
Thomas Hettche, geboren 1964, lebt in Frankfurt/M. Ihm wurden zahlreiche Literaturpreise zuerkannt, darunter der Robert Walser-Preis. Von Thomas Hettche erschien 1989 der Roman *Ludwig muß sterben* (auch als st 1949).
Der in der edition suhrkamp erscheinende Band *Inkubation* ist textidentisch mit dem im literarischen Suhrkamp-Hauptprogramm vorgestellten Buch in einmaliger, numerierter und vom Autor signierter Auflage – verzichtet wird auf die typographische Gestaltung.

Foto: Peter Peitsch

Thomas Hettche
Inkubation

Suhrkamp

edition suhrkamp 1787
Neue Folge Band 787
Erste Auflage 1992

Erstausgabe

Satz: IBV, Berlin
Druck: Nomos Verlagsgesellschaft, Baden-Baden
Umschlagentwurf: Willy Fleckhaus
Printed in Germany

1 2 3 4 5 6 – 97 96 95 94 93 92

»... Kleid eines unsichtbaren Körpers.«

Theodor W. Adorno

Gelb, Gelb

Später Nachmittag, früher Abend, noch war Sonne draußen über dem Schnee, Staub hier drinnen im Licht. Du sahst die Stille über meinem Haar, wie sie mir um Augen und Mund sank sahst du auch, meinen Blick, doch wo warst du, dem freien Fall sahst du zu, und warst bei mir, als hätte sich über meine Augen eine zweite, milchig trübe Haut gezogen wie bei manchen Tieren, wenn sie schlafen. Metaphern, wird man sagen, streutest du mir an jenem Abend wie Sand in die Augen, nichts sonst, aber gelogen wäre, sagte ich, nichts sei gewesen. Ich trank und rauchte, wartete und strich mit langsamer Drehung der Zigarette die Asche in der Mulde des Aschenbechers ab, so begann es. Der Staub in der Luft über dem schwarzen PVC-Boden sah aus, als wirbelte Sand auf beim Gehen, flirrend im Licht, reflektiert von Mauern, zwischen denen windstille Luft heiß pulsiert. Ich weiß nicht, was gewesen wäre, hättest du mich beiseite gelassen oder wärest den Weg selbst gegangen, der sich, wie ich sah, über dem Sand deutlich auftat, mußte ihn nur weiterspinnen, und du wartetest, was geschähe. Die Zeit, hat man einmal begonnen, vergeht verläßlich, unberechenbar ist nur der Moment des Beginns, jener Punkt, in dem alles zusammenfällt, heraus mit dem ersten Wort. Später ist es einfach, zu sagen, es sei später. Ich trank mein Glas leer. Auf den blau gestrichenen Wänden lag schon

Schatten, auf der schimmernden Theke noch immer letztes Tageslicht. Musik wurde eingeschaltet. Durch das Fenster sah ich Maschendrahtzaun, zugeschneite Autos, ein gelbes Schild, Feuerwehrzufahrt Tag und Nacht freihalten. Ich schob das leere Glas über die Theke, die ringförmig eine Säule aus Milchglas und Stahl umgab, bestellte noch ein Bier und bemerkte den Jungen hinter der Theke, blond, das Haar mit Pomade glatt zurückgestrichen, Vogelgesicht, und ich suchte, während er, halb abgewandt, das Bier zapfte, nach einem Wort für ihn. Die weiße Schürze über den Jeans, gespannt um die schmalen Hüften, ist es nicht, dachte ich, nicht das Geschirrtuch, das ihm lose über der Schulter hing, der Blick glitt weiter, du wartetest, ließest mir Zeit, Knabe, hängte ich ihm an, sah auf die aufgeschlagenen Hemdsärmel, du ließest mir Zeit, Knabe, dachte ich, und erst, als du bemerktest, daß ich aufgeben wollte, stecktest du mir, so sagt man doch, einen Namen, Theseus, warum nicht. Theseus, dachte ich und zündete mir, unsicher, woher dieses Wort jetzt, eine neue Zigarette an. Theseus. Du wußtest, die Geschichte hatte begonnen, und der Junge stellte das Bier vor mich hin. Ich war froh, einen Namen zu wissen, sah zu, wie der Junge Schlieren über die schimmernde Theke wischte, ein sauberes Glas, an dem das Wasser ablief, auf dem Nirostagitter neben dem Spülbecken abstellte und dann hinter der Theke hervorkam. Es schien mir, als wiegte er sich beim Gehen in den Hüften, nicht wie eine Frau, sondern, dachte ich, als er an mir vorbeiging ohne mich anzusehen, mit dem schaukelnden Gang eines ausdauernden Läufers, getunt wie eine Maschine, dachte ich, dachte an bläulich schimmernde Ventildeckel, die sich, von einer glänzenden Ölschicht ziseliert, in gleichmäßiger Bewegung der Nockenwelle anlegen, hochgezüchtet, an die Hinterläufe zierlich schneller Hunde, wie filigrane Brückenbögen zitternd gespannt, Theseus, dachte ich. Der Sand wirbelte unter seinen Schritten auf. So, wie du es wolltest, pulsierte das Licht, reflektiert von den Wänden, heiß in der windstillen Luft des frühen Abends zwischen den hohen Mauern, die den schmalen Weg begrenzten, der sich auftat bis zur nächsten Biegung und weiter, hinaus aus der Bar. Und ich hörte, als ich Theseus nachging, meine eigenen Schritte, leise, den seinen unterlegt, und die Ledertasche mit den Pechfakkeln und dem Brot, dem Dörrfisch, dem Seil, der Decke, schlug mir beim Gehen immer wieder schwer in die Kniekehlen. Ganz langsam begann so die Zeit, vergaß ich die Bar, ging immer weiter, noch nicht weit genug, dachtest du, ging immer weiter, gleich muß er beginnen, sich zu erinnern, dachtest du, bald. Da sagte jemand »gelb, gelb«, und ich blieb stehen. Du fragtest dich, worauf ich warte, warst ungeduldig, es begann schon kühler zu werden, die Sonne fiel, Dunkel in den Mauernischen. »Gelb, gelb«, sagte die Stimme, nach der ich mich umsah, »gelb«, der Weg verlief geradeaus weiter, »gelb«, kam es hinter der Theke hervor, hinter der Säule mit den Flaschen, und holte mich zurück ins Blau der Bar. »Welches Gelb«, fragte ich. Keine Ahnung, dachtest du, überrascht von der Störung, welches Gelb. »Gelb«, sagte das Mädchen einfach, immer wieder, jetzt erst sah ich, es kam hinter der Milchglassäule hervor, ging an mir und dem Jungen vorbei und setzte sich in einer Ecke des Raums auf einen Flipper, den ich zuvor nicht bemerkt hatte. Rapsfeld, Ginster, Löwenzahn. Doch das Mädchen lachte nur, kurze Hosen, flache Sandalen, sagte, »gelb, gelb ist geil«. Ich wiederholte unruhig, was ich wußte, gelb ist der Himmel über den Mauern, aber die Wände sind blau. »Gelb, gelb«, hörte ich das Mädchen. Die Wände sind blau, die eine, alle, wie viele, es lachte, ich könnte Theseus ein Markstück geben, dachte ich, dann rückte es sicherlich beiseite, spielte Flipper und hülfe uns weiter, wir dürfen nicht hierbleiben, gelb, hat es gesagt. Sag es ihm, stimmtest du mir zu, sag ihm, er soll mit dem Mädchen spielen, blau sind die Wände, geh weiter, fordertest du mich auf, um diese Ecke noch und jene, die Räume schoben sich übereinander, die Bar und das andere, dessen Wort du mir jetzt nanntest, ich wiederholte es mir, Labyrinth. Das Mädchen saß auf dem Flipper, ich sah es im Augenwinkel, »gelb«, sagte es, warum flippert Theseus nicht, gib ihm eine Mark, locktest du mich, du mußt weiter, weißt den Weg. Der Junge drehte sich um nach mir, wollte wissen, was los sei, doch ich hörte ihn nicht, begann endlich, mich zu erinnern. Wie wir zusammen über verdorrte Hügel gehen im Sommer, Ginster, durch Dörfer, ich schlafe ihm zur Seite, weiß, was er träumt. Weiter, versuchtest du mich anzuspornen, spürtest, wie ich immer mehr von mir zu wissen begann, als verbänden sich Rinnsale und Pfützen bei Regen, weiter, weiter, locktest du mich, komm, sagtest du, ich stehe an Anfang und Ende, warte beidseitig auf dich, hab keine Angst, nun geh schon, nimm ihn an der Hand und erinnere dich. Ich könnte, dachte ich, mit geschlossenen Augen sein Gesicht in Gedanken ertasten, so gut kenne ich ihn. Erinnere dich doch, halfst du mir, hofftest, daß ich nun endlich vergäße, woher ich stammte, dir nicht auf die Schliche, auf die Spur komme, die du mir gelegt hattest, am Rattenschwanz dieses Namens entlang in die Geschichte hinein. Wie ich ihm die schmerzenden Beine mit duftendem Öl bestreiche, wie er sich herumwirft auf den Bauch, lecke ihm mit der Zunge über die glänzende Haut. Doch die Bar verschwand nicht wegen des Mädchens auf dem Flipper, das du übersehen hattest hinter meinem Rücken. Was will es? Gelb hatte es gesagt und gelacht, fügte sich nicht ein, war zwischen Flipper und sandigem Weg, auf dem ich wartete, reichte in beides hinein, und Theseus, noch immer regungslos, sah es an. Er glaubt mir nicht, dachte ich, daß ich es nicht kenne, nicht wußte, daß wir es hier treffen würden, wie erkläre ich ihm das. Immer mehr fühlte ich mich ein in den Mund, den du mir zum Sprechen gegeben hattest. Konnte jetzt sagen, daß Theseus mich mitnimmt auf allen Fahrten, bin dafür da, ihm die Angst zu nehmen vor der Nacht, dem nächsten Tag, weiß den Weg. Gelb, gelb, hat das Mädchen gesagt, wiederholte ich mir immer wieder, wußte nicht weiter und sehnte mich zurück in das, was du mir eingabst wie die eigene Kindheit auf gefälschten Photos, Beweise einer Wirklichkeit, die es nie gab. »Irgendwer wartet immer«, sagte der Junge, der Barkeeper, der Knabe, Theseus, doch ich bemerkte nicht, daß ich gemeint war, versuchte statt dessen, mich zu erinnern. Was war, gehört mir, dachte ich und tastete mir mein Leben zurecht, zurück, egal woher, sagte mir, ich weiß, wie Theseus es macht, sah den an, den ich so nannte, weiß, wie er es macht, stellte mir vor, Theseus faßte das Mädchen mit beiden Händen und höbe es vom Flipper herunter, nähme er es doch, wie schon einmal, wie immer, die staunenden Beine auseinander, es wartet darauf, was weiß es schon, weiß nicht weiter, nichts weiter, sein Griff schmeichelte dem Mädchen, Kindheit, dächte es und wüßte nicht, warum, weiß nichts anderes als Kindheit, in seinen Armen spürte es zum erstenmal Alter. Es fiel dir schwer, zu verstehen, was ich dem Knaben alles zuschrieb, gern hättest du jetzt meinen Blick gehabt, für einen Moment nur meine Augen. Das Mädchen weiß nichts, wir müssen weiter, dachte ich, hörte das Schnauben des Tieres von weit, sah, der Himmel ist gelb, der Sand schwarz, die Wände blau, unter Theseus' Füßen ist der Sand, nicht unter meinen, nimm das Mädchen und leg es beiseite wie immer, wie damals, dachte ich, doch der, den ich Theseus nannte, stand, die weiße Schürze um die Hüften und das Geschirrtuch lose über der Schulter, noch immer vor dem Mädchen, das im Schneidersitz auf dem Flipper saß. Wind trieb mir Sand in den geschlossenen Mund, daß es knirschte, warum nur gehen wir nicht weiter, fragte ich mich, warum bleibt Theseus einfach stehen, spiel mit dem Mädchen, dachte ich, gib ihm eine Mark oder zwei, schmerzhaft der Quarzsand, glitzernde schwarze Funken wie am Strand, von dem wir beide kamen. Den Faden entlang, dachte ich. »Gelb«, sagte das Mädchen, schaute mich nicht an. Das Licht des Abends balancierte tief über den

Mauerkränzen. Der Junge fragte, »wie geht's?« Wie lange es wohl gedauert hatte, das alles zu bauen. Was vor dem Labyrinth hier gewesen sein mochte. Ich stellte mir vor, wie die Arbeiter die Ziegel vom Meer hier heraufkarrten. Schöben sich jetzt nicht die Mauern fugenlos vor den Blick, könnte man den Weg berechnen, nachts nach den Sternen, wie auf dem Wasser, so aber weiß keiner, wo lang, nur ich weiß den Weg, weiß nicht, woher. Als hätte Meeresgeruch sich hier verfangen, wäre windstill versickert zwischen den Mauern, roch ich Algen, Schaum, nassen Sand, ein wenig auch Eukalyptus von den hohen, schwankenden Bäumen am Weg hier herauf. Diesem Geruch könnte man folgen hinaus, überlegte ich, hinein dem scharfen Dunst nach Tierschweiß und Mist. Manchmal schabte es hinter den Steinen entlang, so daß der Faden zitterte davon, den der Junge um den Zeigefinger geschlungen hatte, in der geschlossenen Faust das Restchen des Knäuels. Es ist nicht mehr weit, dachte ich, was warten wir noch, ich weiß, es bleibt keine Zeit, es wartet auf uns, seltsam, daß es weiß, wo es ist, und doch nicht hinausflieht. Ich sah, wie die Federn an Theseus' geschmückten, weichledernen Stiefeln wippten, hörte leise den hellen Klang der kupfernen Schellen an den Schäften, es schien mir, als sänge das Mädchen, doch kein Lied, summte, doch keine Melodie, Theseus' Rücken verdeckte mir das Gesicht. Ich beugte mich vor ins Licht und spürte blinzelnd die letzte Abendsonne, die mir tief über die Stirn hing, rot unter den Wolken hervor auf meinen Augäpfeln, sah den roten Widerschein auf denen des Mädchens, das überrascht, als entdeckte es mich erst jetzt, meinen Blick erwiderte an dem Jungen vorbei, der noch immer, aber ich weiß nicht, wieviel Zeit vergangen war, dastand und sich mit beiden Händen über das Haar fuhr, es strähnig glatt anlegte und sich auf Ballen und Fersen wiegte dabei. Die eigene Unruhe, der Wunsch, daß es endlich weitergehe, erinnerte mich daran, wie fremd mir alles war, daß ich nur möglichst schnell mich von einem zum nächsten Geschehen retten wollte, und du wußtest, ich spürte, ohne es zu wissen, daß ich aus Splittern bestand, meine Wünsche, Erinnerungen, Absichten Reste waren, Stümpfe, abgelegte Prothesen, gebrauchte Einzelteile, die knirschten und scheuerten in der Bewegung. Und auch du wolltest, daß es vorangehe, doch die Anwesenheit des Mädchens störte wie ein optisches Geräusch das Bild, in dem ich mich gerade zu bewegen begann, saugte auf, was ich dachte, und du wußtest nicht, wie du das kleine Mädchen integrieren solltest, es war nicht vorgesehen, keine Leerstelle fiel dir ein, die es hätte besetzen können, und wenn du auch die Mechanik des Ablaufes kanntest, wußtest du doch vom einzelnen Geschehen nicht mehr als ich. Deine Erfindung sahst du mit meinen Augen, was das Mädchen sagte, war dir so unverständlich wie mir selbst, und du spürtest, daß ich meine Erinnerungen absuchte nach einer Möglichkeit, es einzupassen. Wenn es nur einen Moment aufhörte, Neues zu produzieren. Doch als ich zum erstenmal mich im Blick des Mädchens verfing, verstand ich mit einemmal, was es sagte, dachte, es redet an anderem Ort mit mir, Sirenengesang, und diese unerwartete Veränderung ängstigte mich wie eine plötzliche Berührung, ich rief Theseus zu, der mir noch immer den Rücken zukehrte, »laß uns gehen, schnell, komm«. Der Junge drehte sich um, zuckte nur verständnislos mit den Schultern und wandte sich wieder dem Mädchen zu. Ich versuchte es weiter, »machen wir, daß wir hier wegkommen«. Das Mädchen suchte den Blick des Jungen, fragte, »hast du Streichhölzer?« »Nein«, antwortete er und klopfte zur Bekräftigung, seine Taschen seien leer, mit beiden Händen Schürze und Hemd ab. »Schade.« Der Blick des Mädchens glitt weiter, wieder zurück zu mir, »und du?« Ich schüttelte hastig den Kopf, begriff nicht, auch wenn ich jetzt verstand, was es sagte, wie es hierher in das Labyrinth geraten war, es wird spät, dachte ich, wir müssen weiter. Das Mädchen streckte langsam die Beine und ließ sich vom Flipper herabgleiten. Die kleinen Hände zu Fäusten geballt in den Taschen der kurzbeinigen Jeans stand es ein wenig vorgebeugt neben dem Jungen, den es nicht beachtete, sagte, »wir müssen miteinander reden«. Ich schüttelte wieder den Kopf, sah zu Theseus hinüber. »Komm mit«, forderte es mich auf, während der Blick des Jungen verwundert zwischen uns beiden hin- und hersprang, dem Mädchen nach, als es an mir vorbeiging. Ich wußte nicht, was es von mir wollte, dachte daran, ich könne Theseus doch nicht hier alleinlassen, vergaß Zigaretten und Feuerzeug auf der Theke und folgte dem Mädchen durch eine Tür in der blauen Wand in die Damentoilette, an Spiegeln, Waschbecken und Heißlufthändetrocknern vorbei, dann hinter den Kabinen unter Entlüftungs- und Heizungsrohren, Verkabelungen und Wasserleitungen entlang. Warum kennt es sich hier aus, fragte ich mich, fragte, »was willst du?« und blieb stehen. »Ich will nur«, sagte das Mädchen ruhig, drehte sich um nach mir und ging langsam wieder auf mich zu, blieb stehen, und als ich einen Schritt zurücktrat, kam es mir nach, immer dicht vor meinen Augen, »will nur Feuer«, und hob die Hand, in der es eine Zigarette hielt. »Hab ich nicht, tut mir leid.« Es schien, als hätte das Lächeln des Mädchens eine Farbe, die flackernd sich änderte für einen Moment. »Aber ich weiß den Weg«, flüsterte ich, ganz nah an seinem Gesicht, doch da schloß es die Augen, und ich hörte wieder nur ein Summen wie selbstvergessen irgendwo über der Kinnlinie, die kantig und knochig die muskulösen Wangen begrenzte, unter den Augen, über die sich die Lider wie Kuppeln geschlossen hatten. Sah die Bewegung der Augäpfel unter der gespannten Haut. War so nah vor dem Gesicht, daß das Mädchen meinen Atem spüren mußte auf den Wangen, und lauschte auf das Geflüster. Unter den Lidern sieht es, dachte ich, was ich nicht sehe, und das ist, als lachte es mich aus, ich weiß, was ich sehe, doch nichts von dem Mädchen, an seine Gestalt heran komme ich nicht näher als eine Tangente zum Kreis, in sich sofort wieder entfernender Linie. Einen Moment lang glaubtest du, es könne mir gelingen, aus meinen Erinnerungen auszubrechen. Als glitte ich sehr dicht an dir vorüber, spürtest du mich, spürtest mich wie einen Luftzug ganz nah an der Grenze der Erfindung. Ich sehe das Gesicht des Mädchens, dachte ich, aber ich weiß nicht, wie weit, weiß nichts weiter, nicht weiter, als ich sehe, die Fremde bleibt in den Kuppeln der Lider, in den Augenbrauen, zuckende Bögen, dachte ich, ohne zu wissen, was es heißt. Das, was fremd bleibt, ist. Die Unterlippe, rissig wie das ausgetrocknete Stück einer Apfelsine. Fremd, wie es ist, bleibt es. In Vergleichen bleibe ich, bleibe bei mir selbst, komme nicht heran. Mit angehaltenem Atem lauschtest du darauf, wie ich den immergleichen Gedanken um und um warf und die Grenze entlangschlitterte zu dir hin, bliebst ganz still, wußtest, es war zu spät, du konntest an der Anwesenheit des Mädchens nichts mehr ändern, das noch immer mit geschlossenen Augen dastand unter den Heizungsrohren und Kabeln, zwischen den blauen Wänden auf dem schwarzen Sand im Halbdunkel. Draußen mußte die Sonne schon untergegangen sein. Ich betrachtete die pochende Halsschlagader, die fast unsichtbare Spur des Flaums hinter den Wangenknochen hinab, anderes, dachte ich, was ich nicht sehe, geschieht wirklich statt dessen, ich kann nicht dagegen an, bleibe in meinem. Ich stellte mir vor, wie über die Lippen, die ich vor mir sah ganz nah, die Zunge leckte, phantasierte mir das Reiben der Augäpfel an den Lidern, dachte, ich weiß von Haut und Haaren nur Vergleich und Beschreibung, komme nicht hinter das Gesicht. »Nicht schlagen, nicht schlagen«, schrie da das Mädchen plötzlich, »nicht mit der Faust«, und riß, als gäbe es sich einen Ruck, die Lider hoch, Angst im Blick, »nicht schlagen«. Doch als es mein verwundertes Gesicht sah, begann es zu lachen, lachte aus dem Summen, dem Singsang heraus, der die ganze Zeit nicht aufgehört hatte, lachte und drehte sich weg, ging den Gang wieder hinunter, den es gekommen war, und als ich die Tür der Damentoilette hinter mir schloß, saß es schon wieder im Schneidersitz auf dem Flipper, beugte sich vor zu dem Jungen, legte ihm eine Hand in den Nacken, flüsterte ihm etwas zu, und Theseus schüttelte den Kopf. Er kam, als ich wieder am Tresen lehnte, nicht verstand, was geschah, den Blick schweigend erwiderte, herüber zu mir, schnallte lächelnd den Gürtel ab und ließ die Axt auf den Boden ganz langsam. Der Junge band die Schürze auf und warf sie achtlos auf die Theke. Kühl ist das Blau. Das Mädchen strich sich über die Beine und löste die Riemen der Sandalen, sie fielen in den Sand, das Geräusch auf dem PVC-Boden, helles Knirschen, hörte ich überdeutlich, denn im selben Augenblick setzte die Musik aus, Stille, dann überhaupt keine Geräusche mehr, das Mädchen rieb sich Fußsohlen und Zehen, Stummfilmbilder, jetzt lachte der Junge, ich sah den Mund sich bewegen und hörte seine Stimme nicht, dachte, lach nicht, worauf warten wir denn, lach nicht, hast doch Angst, ich weiß es, bist jetzt, was soll das, unvorsichtig, so als wären wir auf dem Schiff und nicht zwischen den blauen Mauern hier bei diesem Mädchen, das gelb sagt, gelb, nichts sonst, gelb, was warten wir denn, später, erinnerte ich mich, später halte ich dich wieder, gebe dir zu trinken, zu essen, reibe dir den schmerzenden Arm, spiele Backgammon mit dir, wärme dich, wenn du zitterst neben dem Feuer, alles, nur jetzt müssen wir weiter, was warten wir noch. Noch immer ließ der Junge den Blick nicht von mir, lehnte grinsend neben mir, mit einem seiner Stiefel an der Wand abgestützt und sogar ein wenig gebückt, um mir ins Gesicht sehen zu können. Erst, als mit einem Mal wieder ein Brei von Geräuschen über die Bilder schwappte, der Flipper, das Tropfen des Wasserhahns, der Kühlschrank, Sand, Wind, Atmen auch, Räuspern, und als das Mädchen vom Flipper herüberrief, er solle mich in Ruhe lassen, der Junge antwortete, »laß mal, ich will ihn mir nur mal ansehen«, schaute ich auf, trat einen Schritt vor, ganz nah heran an Theseus, und flüsterte ihm zu, »komm, es hilft nichts, komm weiter, zu Hause warten andere, so viele du willst, sind wir erst raus hier, es weiß nichts, es heilt nichts, das Mädchen«. Der Junge zuckte überrascht mit dem Kopf zurück und zischte mich an, »halt's Maul«, und lauter, »der ist nicht besoffen, der ist schwul, so eine schwule Sau«, während ich ihm nachkam im Schutz seiner Schulter, flüsternd die wohltuend kühle Wand entlang, »komm, glaub nicht, was es sagt, komm weiter, lach nicht, ich weiß den Weg, was wartest du denn«. Doch der Junge ging, ohne mich anzusehen, wieder zum Flipper zurück. Er hört nicht auf mich, wie auf der ganzen Fahrt, wie die ganzen letzten Tage, sitzt wortlos auf den fest geschnürten schwarzen Segelballen, spricht mit keinem, hat Angst, sieht nicht einmal auf, wenn man vorbeigeht oder ihm sein Essen bringt, keiner wagt es, ihn zu fragen, ich weiß, daß es die Angst ist, kenne ihn doch. Der Junge, der wieder vor dem Mädchen stand, zog nun überrascht Streichhölzer aus der Hüfttasche seiner Jeans, Stein und Zunder aus seinem Schurz, schlug Funken, das Mädchen löste die verschränkten Beine und schloß beide Hände als Windschutz um die Flamme des Feuerzeugs. »Danke.« Das Knäuel fiel auf den Boden. Der Junge warf ein Geldstück ein, ließ mit dem chromglänzenden, federnden Bolzen die Kugel wegschnellen, spielte mit den Knöpfen, den zuckenden Flügeln des Flippers unter dem Mädchen, und es schloß lächelnd die Beine um ihn. Rief an Theseus' Rücken vorbei, »mach mal zwei Bier«. Ich ging ohne nachzudenken an der blauen Wand entlang über den dunklen Sand um die Theke herum zum Zapfhahn, nahm zwei Gläser aus dem Regal, dachte, ich weiß noch, die Küste im Rücken, der Steward bringt den Whiskey, wir stoßen an auf das Gelingen der Fahrt, ich sehe sie noch winken am Strand, die wehenden Haare, Feuer, Asche fliegt, die Musik des Orchesters von weit, das Nebelhorn antwortet dröhnend, die Segel schlagen im Wind, der Diesel stampft tief unten im Schiffsrumpf, die Ruder tauchen zischend zu den Taktschlägen ins Wasser, am Heck schäumt es um die Schraube, der Steuermann an der Ruderpinne blinzelt in die Sonne, vor ihm die grünen Spinnweblichter des Radarschirms, ich weiß noch, wie Theseus erzählt von seiner Angst, von den Küssen, die allen so gut schmecken wegen der Angst. Zapfte das Bier, sah hinüber zu dem Mädchen am Flipper und Theseus, dessen Gesicht in den Lichtern des Apparates stand wie im Widerschein eines Feuers, hörte das Tackern der Kugel gegen Plastik, gegen Metall, Glas, sah, Theseus beugte den Kopf tief vor dem Mädchen, und die Farben legten sich um und um auf seinem Gesicht, als striche es ihm darüber. »Gelb ist geil«, hörte ich es sagen, dachte, wir müssen weiter, ich kenne doch Anfang und Ende, murmelte, »weiß den Weg«, doch die beiden beachteten mich nicht. Er hat Angst, beruhigte ich mich, kenne ihn, er fickt jeden Arsch, den er findet, aus Angst, ich bin es, der den Weg weiß, er braucht mich, ich halte ihn, zeige ihm den Weg, sage, was er tun soll, »laß doch die Fotze«. Der Junge drehte sich um, wollte herüber zu mir, doch das Mädchen hielt ihn mit den Beinen um die Hüfte, sagte, »Wichser«, und er spielte weiter. Gelb ist der Himmel, blau sind die Wände, ich halte das Knäuel, gelb, sagte das Mädchen, gelb ist geil, mehr weiß es nicht. »Doch«, sagte das Mädchen, »blau ist der Himmel, blau ist er.« Gelb ist der Himmel, gelb, das ist meine Geschichte, auch wenn Theseus das vergißt, ein Spielzeug, das man aufziehen muß immer wieder, ich kenne den Schwung seiner Lippen, kenne seinen Blick, das ist meine Geschichte, der Himmel ist gelb und nicht blau. Und du beobachtetest, wie die Gewißheit, etwas einlösen zu müssen, sich in mir festsetzte. Was mir alles einfällt, dachte ich, und, wie konnte ich das nur vergessen. Und vergaß, daß ich mich an eine Geschichte zu klammern begann, deren Ende längst bekannt war, sah nicht die Leimrute des Namens, an der ich hing. Theseus, dachte ich, die Segel, schwarz, weiß, die Ruder, Ariadne schließlich, nein, schließlich das Tier. Doch davon weiß Theseus nichts. Nichts vom Blut. Ariadne. Als wir aufbrechen, ganz früh am Morgen, hängt ihm der Speichel im Mundwinkel, zittern seine Nasenflügel vor Aufregung, ich trage ihm den Seesack, komme ihm kaum nach, so eilig hat er es, läuft er zum Schiff, aber davon weiß er nichts mehr, alles vergißt er, sieht sich nicht einmal um nach der, bei der er die Nacht lag, habe ich ihm besorgt, damit er die Angst vergesse, doch als ich ihn frage, ihm nachrufe, geh nicht so schnell, warte doch, wie war sie, zuckt er nur mit den Schultern, ihr schwarzes Haar vor dem Haus, er sieht nur auf die Rücken seiner Gefährten, schweigend gehen sie vor ihm, langsam und zögernd, jeder sein Bündel und die Waffen unter dem Arm, er schnell ihnen nach. Als wir, wie ich es geplant und berechnet habe, die Zykladen passieren am Abend, hockt er auf dem Segelballen und starrt vor sich hin, sieht nicht die Sonne über den Felsen, nur seine Angst, aber woher soll er auch Zuversicht haben, »was weiß Theseus schon«, murmelte ich, während ich noch immer am Tresen stand, den Zapfhahn kurz öffnete, wenn der Schaum in beiden Gläsern zusammengefallen war, und im matten Metallglanz der wäßrigen Spüle ein wenig vom Umriß meines Gesichts erkannte. Das Mädchen schaute über die Schulter des Jungen herüber zu mir, und wenn es durch Zufall meinen Blick fing, sah es an mir vorbei in die dunkle Ecke des Raumes, hörte, daß ich vor mich hinsprach, als tastete eine Nadel immer wieder dieselbe Rille ab, bis es schließlich rief, »wann ist das Bier endlich fertig?« Was macht das Mädchen, fragte ich mich aufgeschreckt, auf unserem Weg und in dieser Bar, deren Konturen wie ein Kopfschmerz unter der Oberfläche der blauen Wände des Labyrinthes hindurchpochten, schmerzhaft wie eine stechende Ermüdung der Augen, so daß ich mich unausgesetzt anstrengen mußte, die Umrisse scharf zu sehen. Warum mischt es sich ein, fragte ich mich, ging um die Theke herum und stellte die Gläser auf den Rand des Flippers neben das Mädchen, das mit einem Schaukeln des Körpers ein Stück zur Seite rückte. Gelb, dachte ich, gelb ist der Himmel und das Tier, davon kann es nichts wissen, was weiß es davon, blau ist der

Himmel, sagt es. Gelb ist das Tier. Da fragtest du, deine Stimme ganz nah, was ist das Tier, und in Gedanken antwortete ich dir ganz selbstverständlich. Ist der eigene Sturz. Das Tier, kaum sieht man es, wirbelt alles durcheinander, ich weiß nicht, was lebendig daran ist und atmet, ist auch besser so, viel besser, sagte ich dir, als zu glauben, das überquellende Fell des fleischigen Halses sei wirklich zusammengesetzt mit der sonnenverbrannten, roten, schuppig zerfetzten Haut des Menschenkörpers, in der die beiden hellen, kleinen Brustwarzen leuchten wie eine Erinnerung. Doch wenn ich im Fallen hinaufsehe zu den starr glänzenden Kuhaugen, deren Blicke nach beiden Seiten hin leer und unbeteiligt sich spreizen, sehe ich ein Aufblitzen in den feuchten Kugeln wie ein verständliches Wort, und das zieht mich näher und näher, im freien Fall, auf die Narbe zu, oder wie soll man das nennen, überlegte ich, kann man den klaffenden Graben, an dem sich die Teile aneinander scheuern, Fell und Haut ineinander enden, ich weiß nicht wie, Narbe nennen, ist keine Narbe, nein, kein rotaufgedunsenes, blutpralles Wundgewebe, auch kein verheilter Schnitt, nicht einmal so etwas wie eine Grenze, an der das Verschiedene zusammengeflickt wäre, keine Grenze ist es, nur eine Linie, die keinen Halt bietet, aber etwas Greifbares doch, ich suchte nach der richtigen Formulierung, etwas, an dem die Hand abrutscht, ein Begriff, der sich nicht ähnelt, ein Dorn im Auge, Schmerz, in den man stürzt. Nichts hält sich daran. Wie sich auch in den schmutzigen Menschenhänden des Tieres nichts hält, die sich kraftlos öffnen und schließen, versuchen sie etwas zu fassen, ein

Strohbündel, ein Wassergefäß, Stoffetzen, Knochen, was verstreut dort auf dem Platz liegt, entgleitet es ihnen, als wäre die Erinnerung zu schwach an das, was Festhalten hieße. Nichts hält sich, keine Beschreibung, kein Vergleich, keine Metapher. Dort, wo die schorfige Haut juckt, wo Fliegen sitzen, kratzt es sich zitternd mit den langen Nägeln, doch als käme der eigene Schmerz nicht über die Grenze zwischen Körper und Kopf hinweg, ritzt es sich selbst, unbemerkt, mit den Nägeln die Haut, blutige Striemen. Neugierig verfolgtest du, wie sich in dem, was ich für meine Erinnerungen hielt, das Rinnsal der Geschichte einen Weg suchte, und sahst zu, wie bei meinen Versuchen, die eigene Geschichte aus den wenigen Indizien, die du mir gegeben hattest, zu konstruieren, immer deutlichere und detailgenauere Bilder entstanden, die schließlich begannen, meine Gegenwart von allen Seiten zu überlagern, zu überwuchern, sich durchzusetzen gegen die Konturen der Bar. Du flüstertest mir zu, damit ich weitermache, wie meinst du das, erzähle, und nachdem ich einen Moment überlegt hatte, woher die Irritation meiner Gedanken kam, machte ich weiter, noch eimmal also, der Sturz. Wenn ich es sehe, das Tier, falle ich, bodenlos aus dem Blick heraus, verstehe selbst nicht warum, falle, und fasse im Fallen eines der Hörner, das sich widerwärtig anfühlt, zugleich glatt und rauh, hart und doch geschmeidig, als gäbe es dem Griff nach, staubig trocken und feucht, von Blut vielleicht oder meinem Schweiß, ich weiß es nicht, fürchte, daran abzurutschen, und weiß doch, ich werde mich sicher halten können, habe ich das Horn einmal gefaßt, und zugleich wird es gehalten von mir, in meinem Sturz, in den die Spitzen der Hörner hineinstechen mit einer sanft schwingenden Bewegung, die das Fallen kappt wie ein Schnitt. Und zugleich läuft es mir durch die Hand, sanft nur gelenkt, in die unverletzte Haut des Helden. Erst wenn das Horn ihm ins Fleisch fährt, der Geist in die Puppe, komme ich zur Ruhe, wird mein Fall langsamer, und dann, erinnerte ich mich zögerlicher jetzt, als wäre es mir peinlich, dann sage ich es, sage, er heißt Theseus, sage ich dem Tier. Spürte dein Unverständnis und begann erneut. Im selben Moment noch ziehe ich das Horn wieder heraus, ziehe es aus Theseus heraus, das kann ich, weiß nicht warum, ein Blick der feuchten Augenkugel im Schatten des Horns trifft mich wie Lachen, das Tier versteht mich, ich ziehe das Horn wieder heraus unter diesem Blick, rückwärts der Film, etwa so ist es, schließt sich die Wunde des Helden. Mein Blick ruckte aus den Gedanken hoch zu dem Jungen, der noch immer am Flipper stand vor dem Mädchen, und ich wiederholte dir, die Wunde schließt sich. Keiner sieht es, nur das Tier weiß, daß ich lüge. Du sahst im grellen Mittagslicht das Bild, das ich dachte. Als rieben sich die Teile des Tieres blutig aneinander, schrammten übereinander her, lacht es. Es lacht mich aus, dachte ich, denn daß Theseus es besiegt, ist Lüge, es ist stärker als er, wartet im Innern des Labyrinthes, in der Mitte, weiß, wo es ist, und flieht doch nicht, ist stärker, Theseus müßte sterben, tut es nicht, geht wieder hinaus, immer wieder, und vergißt, was wirklich war, noch während er geht, dem Faden nach, um wiederzukommen mit mir. »Ist stärker«, murmelte ich und schlug, als ich bemerkte, daß ich diesen Satz laut gesprochen hatte, eine Hand vor den Mund. Das Mädchen sah die schnelle Bewegung im Augenwinkel und schaute neugierig herüber, und auch er, der noch immer mit gesenktem Kopf flipperte, sah hoch, doch das Mädchen nahm seinen Kopf mit beiden Händen und drehte ihn weg, »spiel weiter«. Weiter, weiter, wiederholte ich, ließ den Blick nicht von den beiden, weiter, wir müssen doch weiter, wie das Mädchen mich ansieht, es könnte mich fragen, warum ich das mache, ihn schicke, Theseus, diesen Weg immer wieder, nie weiß er, wo lang, als wäre es das erste Mal, warum schaut es mich so an, es könnte mich fragen, warum ich am Ende des Labyrinthes auf ihn warte, immer wieder, den Stoß des Horns lenke, das Theseus mit einer schwingenden Bewegung in weit ausholendem Schwung ungebremst aufnimmt, wenn er aus dem dunklen Gang in die gleißende Helle tritt, immer ist der Platz hell wie am Mittag und er geblendet, hilflos wie ein Kind, ahnt noch nichts, ich warne ihn nicht, halte das Horn, und es rutscht mir unter der Hand, ganz leicht, nur ein wenig geführt, glatt durch, ihm in die Seite, in den Leib, reißt ihn hoch, schlimm reißt es ihn auf. Aber ungesehen. Ich senkte den Kopf wieder zum matt im Dunkel versickernden Glanz der Spüle, dachte, es könnte mich fragen, warum ich ihm, nachdem die Wunde sich geschlossen hat, die Axt lenke in den Schädel des Tiers, obwohl ich nicht will. Sah auf und hielt dem Blick des Mädchens stand mit einem dünnen, flatternden Lächeln, flüsterte, »sieh ihn dir doch an. Sieh dir an, schön ist er geworden. Wenn er dich hochhebt, kannst du das Meer riechen«. Ich beugte mich vor, in das Restlicht hinein, das durchs Fenster fiel. Auf dem Gesicht des Jungen spiegelten sich immer leuchtender und greller die bunten Lichter des Flippers. »In seinen Augen das Staunen zu sehen«, flüsterte ich, »und die Angst wie Wolken, die baumlose Hänge schattieren, ich seh mich nicht satt daran. Weißt du, nicht wenn das Horn ihn trifft, bereue ich die Geschichte, schön ist es, seinem Schmerz zuzusehen, der Verwunderung, daß ihm, dem Helden, das zustößt, nicht da zweifle ich, hoffe vielmehr, ihn diesmal sterben lassen zu können. Erst später ist er mir ekelhaft, wenn er zuschlägt, wenn die Wunde klafft, das Blut dem Tier spitz hervorleckt zwischen den Augen wie eine Zunge aus dem wunden Mund in der Stirn, und wenn es dann fällt, ungeheuer langsam fällt es, als zögerte es noch, dann schnell, Blut in den Augenkugeln, ein wenig zittern die Beine noch nach, dann erst bereue ich es, ihm wieder geholfen zu haben, sein Triumph ist mir widerlich, und ich möchte es ungeschehen machen, wieder, wieder einmal, als hätte ich es selbst erfunden.« Du bemerktest, wie ich kreiselnd und langsam der Wirklichkeit näherkam, und wurdest dir unruhig der Möglichkeit bewußt, daß ich schließlich, machte ich so weiter, dir plötzlich gegenüberstehen könnte. Doch dem Mädchen wurde mein Geflüster, das es nicht verstand, je länger es dauerte, immer gleichgültiger, bis es mich schließlich nicht mehr beachtete und meinen Blick, den das Dunkel beinahe schon verschluckt hatte, nicht mehr suchte. »Es tut mir leid«, entschuldigte ich mich, »aber glaub mir, er war nicht möglich ohne Angst, mit Gedächtnis, nicht diese jungen Augen in einem, der weiß, er darf nichts ahnen, muß sich an den Faden halten, als wäre das wirklich sein Ausweg, verrat es ihm nicht.« Da beugte das Mädchen sich hinunter zu dem Jungen, flüsterte mit ihm, und er stieß sich, die Beine öffneten sich bereitwillig, mit den Hüften vom Flipper ab, und ich hörte, daß es zu Theseus sagte, »geh nach links«. Ohne sich umzusehen, ging der Junge zur Eingangstür, zog sie sperrangelweit auf und ließ sie in die Arretierung einrasten, kalt kam es herein, und er verschwand unter dem fahlweißen Licht einer Straßenlampe. »Bleib, geh nicht«, bat ich, im Dunkel hinter der Theke, »nicht da lang, das ist der falsche Weg, ich weiß Anfang und Ende, komm mit mir, geh nicht.« Das Knäuel blieb auf dem Boden, ich ging langsam um die Theke herum und hob es auf. Der Flipper verschwand aus meinem Blick, als das Mädchen sich wegdrehte, Theke und Fenster, die Bar und die Tür der Toilette sah ich nicht mehr, und der Kopfschmerz hörte auf, sobald die Konturen sich endlich beruhigt hatten und ich zwischen den blauen Wänden des Labyrinthes nur mehr den kühlen Nachtwind spürte. Blau sind die Wände, dachte ich, und fällt auch von oben, blau hat es gesagt, ist der Himmel, hat recht, blau ist der Himmel, nicht gelb, Nacht ist es, es glitzert der Sand wie Meer unter meinen Sandalen, doch trokken, so trocken und still, daß es Himmel sein könnte, doch der ist blau, sie hat recht, nicht gelb, gelb hat es gesagt, ist geil, Theseus' Schritte haben keine Spuren hinterlassen, ich höre nicht seinen Schrei, auch nicht das Tier, gelb ist das Tier, blau sind die Wände, alle Wände, wie viele sind es, aus glasierten Ziegeln, blau ist der Himmel, nichts ist wie sonst, nichts hat ein Ende, der Faden ist schwer, hilft er hinaus. »Komm«, hörte ich deine Stimme ganz nah. Doch da kam das Mädchen hinter der Theke hervor und rüttelte mich lange an der Schulter, sprach auf mich ein, ohne daß ich noch wüßte, was es sagte. Ich erwachte ganz langsam, das Mädchen schaltete die Beleuchtung ein, und grell flammten hinter dem Milchglas der Säule mit Flaschen und Gläsern Neonröhren auf, Musik hörte ich wieder, bemerkte die ersten Gäste, die hereingekommen waren, und stand noch lange bewegungslos neben der Theke, blinzelnd, als versuchte ich, den undurchsichtigen Film deiner Geschichte von den Augäpfeln zu entfernen, der ich entkommen war mit knapper Not. In jener Nacht noch beschloß ich, einen Namen zu suchen für dich.

Inkubation

Zwischen den offenen Seiten ist Dezember, und mir ist kalt, bin krank, hab mich nicht identifiziert mit einer Figur, infiziert hab ich mich an deinem Blut, das als feine Spur Zeile um Zeile austritt immer weiter dort, wo die Berührung meines lesenden Blickes deine Haut ritzt. Höre, wie im Rauschen es spricht, wer aus mir trinkt, wer aus mir trinkt, und sage, Schwesterchen, mich dürstet, und du, ach Brüderchen, ich bitte dich, trink nicht. Doch begierig lese ich weiter, und plötzlich spüre ich, wie die Zeit sich vor mir öffnet zu einem stillen Raum des Augenblicks, in den hinein du deinen Blick aufschlägst, dessen Achse den Raum schnell und glatt durchschneidet und mich und das Angesehene verbindet. Die in der Bezeichnung gebannten Dinge verwandeln sich in allen Punkten der sichtbaren Oberfläche zum Auge, da ist keine Stelle, die mich nicht sieht, unentscheidbar, wer in wessen Blick sich spiegelt, und ob nicht du in der Feuchte meiner Augäpfel dich selbst besiehst. Ängstigend und betörend zugleich befreit dein Blick mich davon, Betrachter zu sein, macht mich zum Teilhaber am Spiel von Bedeutung und Wunsch, dessen Mittäter ich als Zuschauer längst war. Das ist, was dieser Augenblick, der mich trifft, verheißt, bin in der Fiktion jetzt, die entstand, weil ich sie so nannte, und die ich so zu nennen nicht mehr imstande bin, seit ich in dir bin. Armes verwünschtes

Brüderchen, sagst du, und ich fresse deiner Stimme aus der Hand, bin irgendwo im weit offenen Feld von Abszisse und Ordinate, versorgt durch Zu- und Abflüsse, die schlingend, schluckend, pumpend in mich münden. Entwirrte man ihre wuchernden Knoten, ergäben sich Geraden, die auf mich zielen als Punkt, dessen Ausdehnung gleich null ist, Stilleben bin ich, du mein Körper, mein Schmerz, stülpst mich aus, sagst, Brüderchen, ich will dich nimmermehr verlassen. Und weiter sauge ich an der feinen Zeilenspur, nähre mich von dir, höre, wie es aus dem Rauschen spricht, wer aus mir trinkt, der wird ein Tiger, ein Wolf, der wird ein Reh. Ich sage, laß mich doch hinaus, und deinen Mund an meinem küßt du mich, küss' ich dich und sage, laß mich doch, und weiß, du läßt mich nicht, frage, ob du von mir noch handelst oder ohne mich längst möglich bist. Hätte ich nur meine menschliche Gestalt, es wäre ein herrliches Leben. Du lachst, sagst, Brüderchen, lieb Brüderchen, ich will dich nimmermehr verlassen, lieb Brüderchen Subjekt, ich lieb dich doch, und legst die Hand um mich, preßt zärtlich, herzt und streichelst mich. Du lügst, sag ich, so heiß ich nicht, und weiß, du glaubst, du brauchst mich nicht. Hast recht, ich brauch dich nicht, sagst du und streichelst meine Stirn. Und trennst die Welt vom Wort, sagst, eins für mich und eins für dich. Nein, sag ich, das darfst du nicht, denn das, was war, bleibt dir doch nur in mir, Übersetzung gibt es nicht, und deshalb keine Wahrheit ohne mich. Ach Brüderchen, lieb Brüderchen, sagst du und trennst die Welt vom Wort, sagst, eines mir, dann eines dir, meines ist der Augenblick. Nein mir, sage ich. Doch mir das

Fiktionale selbst, sagst du, bist längst schon Teil von mir, bin der Virus, der der Kunst entkam und sich als resistent erweist, ach Brüderchen, nun komm ich diesmal noch und dann nimmermehr. Und trennst die Welt vom Wort. Sagst Nacht. Da sage ich Tag. Und so mit allem, wie von selbst. Du Frau, ich Auge. Erinnern, sage ich, und du reißt mitten mich entzwei. Zwischen den offenen Seiten ist Dezember.

Ankunft

Stell dir vor, die Stadt glänzte, stell dir ein vibrierendes, fieberndes Licht vor unter dem kalten Himmel, kein Flackern, sondern ein Summen, das über den weißen Neonpunkten läge, die von da, wo ich stünde, weit in den Himmel hineinzuwehen schienen. Stell dir vor, der Himmel über dem Licht, durchzogen von Helligkeit, leuchtete orange über den Lichtpunkten, und Nebel oder tiefe Wolken zögen durch die fernen Hochhäuser. Wenn ich ausatmete, wäre es für den kurzen Moment der Stille im Körper so, als hörte ich die Stadt, und ich stünde bewegungslos lauschend so starr, daß mein Nacken zitterte davon, hörte auf die verwehenden Töne, irgendwo rechts von mir im Dunkel das gleichmäßige Fließen von Wasser, links von Zeit zu Zeit Motorengeräusch. Stell dir vor, ich früge mich nicht, wo ich wäre, dächte, es ist kalt, Schneegeruch in der Luft, doch daß meine dünne Jacke den Wind nicht abhielte, störte mich nicht, so, als könnte ich nichts dafür, das Seltsame dieses Beginnes, daß er tatsächlich ein Anfang wäre. Stell dir vor, Licht von der Stadt und vom selbstleuchtenden Himmel läge tief auf der Wiese, auf der ich stünde, tiefer als je am Tag, und zwischen den Grasbüscheln wäre Schnee, und ich versuchte, mich zu erinnern. Faßte nach den flatternden Bildern, löchrig und bleich, schaute darauf, daß es schmerzte, spürte die Kälte des Schnees, dächte, kenn ich, das

Kalte. Und doch wie nie erlebt. Erinnerte mich jetzt an die Erinnerung, dächte an wolkiges Licht in der Nacht und daß ich einmal gedacht haben mußte, jetzt hört das Licht nicht auf, weiß reflektiert es sich fort und fort. An weiße Kanten auf Mauersimsen erinnerte ich mich, an andere Orte, an denen ich jetzt nicht war, und ich dächte daran, daß sie noch immer dieselbe Stunde mit mir haben mußten, dächte, hoffentlich haben sie dieselbe Stunde mit mir, Schnee jetzt. Das Waten im Schnee. Die brechenden Gräser. Die adrigen Äste der angeeisten Bäume gegen das Weiß. Der schwere Himmel. Wald. Unterholz. Als käme noch einmal Sommer hervor, aufgetrieben Gerüche von Nadeln und Harz, erinnerte mich an schlammige Pfützen im Dunkeln, rostige Dosen, weiß leuchtende Kleenex, Essensreste, all das noch einmal unter den schweren Ästen der Fichten, dann kalt, weiß, dann nur mehr der Geruch eisiger Luft, die alles abschließt in Kälte. Vogelfutter, Vogelspuren, Sonnenblumenkerne, Vogelaugen, dächte ich, erinnerte mich an Erinnertes, als wäre es da, doch weniger, muß einmal mehr gewesen sein, alle Zeit muß einmal in meiner Erinnerung gewesen sein, dächte ich, weniger bewahrt sich, von Erinnerung zu Erinnerung berühre ich mich selbst, etwas, das ich nicht sagen kann, haftet unter den Fingernägeln, und einmal muß die Zeit erfüllt davon gewesen sein. Ich sähe den Schnee, dächte, noch weiß ich, daß er kalt ist. Doch ich hätte Angst, daß es einmal nur noch das Wort sein und ich versuchen würde, mich zu erinnern, was Schnee einmal hieß und all das andere, das mich mit dem Schweigenden, dem Peripheren, verwebt. Und ich fröre auf dem freien Feld vor der Stadt, deren Leuchten über der Heide irrlichterte, es wäre windig, die hohen dürren Gräser zwischen den Schneeplacken rieben sich zischelnd aneinander, und ich löste mich endlich aus der Bewegungslosigkeit, mit der ich im Dunkel gestanden hätte. Straßen, dächte ich, ohne daß ich wüßte, warum, Straßen sind wildernde Linien, und ich ginge ohne zu überlegen hin zu dem stumpfen Fließgeräusch, empfände mich dabei als Zielpunkt verschiedener Koordinaten, Linien, einfacher, klarer, raumloser Linien, liefe los ohne Überlegung, so, wie einer, der unter Wasser gerät, den Mund schließt. Stell dir vor, ich ginge immer weiter, erst zum Fluß hin und dann den Fluß entlang auf die leuchtende Stadt zu, und ich früge mich nicht, wie spät es sei, welche Nacht, welches Jahr, all das wüßte ich nicht, ginge weiter und damit von meinem Anfang weg, an dem ich grundlos und fraglos gestanden hätte auf einem leeren Feld irgendwo vor den gelben Lampen des Chemiewerkes, die ich schon für die Stadt selbst gehalten hätte, bis ich nahe bei ihnen stünde, dann weiterginge eine kleine Uferstraße entlang, die Asphaltdecke löchrig und schorfig wie ein Feldweg. Stell dir vor, ich ginge ohne Pause in dieser Nacht und versuchte, mit dem Erinnern zu beginnen, schwerfällig, langsam, nichts schien ich zu wissen, nichts verbände mich mit dem, was ich sähe, keine Vergangenheit als gerade eben der Weg, den ich jetzt im Moment ginge und schon zurückgelegt hätte und der sich hinter mir herzöge, als wäre es das einzige, was ich jemals getan hätte. Ich fände in meinen Taschen ein angebrochenes Päckchen Zigaretten und ein rotes Einwegfeuerzeug, und weil der Rauch mir angenehm wäre, beschlösse ich, daß ich rauchte, und so ginge ich rauchend auf die Stadt zu und ihre glänzenden Türme, und das wäre der Anfang meiner Suche nach dir.

Nachtwache

Der Himmel riß auf und bog sich über die ganze Stadt zu einer Bahn für die langsam herabgleitende Sonne. Er ging, wie jeden Tag, an diesem Nachmittag im Dezember durch die Fußgängerzone, während ich in der Straßenbahn saß und zu den Messehallen fuhr. Es war, wie auch die ganze Woche, sehr kalt, der Himmel bedeckt, doch am Nachmittag brach die festgefrorene Wolkendecke, stahlblauer Himmel erschien und saugte die gläsernen Doppeltürme des Bankhochhauses bis zum Verschwinden in seine Farbigkeit hinein, und er sah zu dabei, abgelenkt aber dann, als aus den Gesten und Bewegungen um ihn, die er flüchtig wahrnahm, eine Passantin auftauchte, deren Haltung ihm bekannt schien, vage zuerst nur, nur in etwa, Erscheinung, die vor allem Bewegung war, Gehen, und erst langsam wirkliche Gestalt, der er jedoch schon vertraute und folgte in gleichmäßigem Abstand und schließlich in der Gewißheit, eine Bestimmte vor sich zu haben, der er nachging, die Geschwindigkeit seines Gehens, mit gutem Recht, wie er meinte, anpaßte, an die er seinen Blick heftete und die Bilder, die von jeder Geste und Haltung erneut stimuliert wurden. Ich nehme an, er wußte sehr wohl, daß das, was ihm unverkennbar und eindeutig schien, sich auch in einer der anderen Gestalten um ihn her hätte finden lassen, mit gleichem Recht und mit gleichem Anteil an Ähnlichkeit. Und doch ist es bezeichnend für diesen Tag, daß er sich darauf einließ, einer Gestalt, die er zu kennen meinte, ohne Zweifel und in seltsamer Erwartung zu folgen, bis sie plötzlich vor einem Schaufenster stehenblieb, er ihr Gesicht sah und wußte, das ist nicht das Gesicht. Die Konzentration seiner Erinnerung verwehte mit einemmal, und alles, was ihm ähnlich erschienen war, fiel von jener Frau ab, zerlegte sich wieder in Splitter, Bewegung, in Blicke und Haltungen, Hände und Farben, fremde Wörter. Das Erinnern, dieser Strom des Vertrauens in der kalten Luft, löste sich auf, wie sich so etwas zusammensetzt und wieder auflöst, fast von selbst, und die Gestalt vor ihm verschwand wie eine Figur in einer Geschichte, in der sie nicht mehr genannt wird. Als ich aus der Straßenbahn stieg am Messegelände, begann er das Geschehen schon zu vergessen, der Himmel wechselte im Zeitraffer die Farben, war durchsetzt vom Eigenlicht der Stadt, jenem nachtwachen Gelb, mit dem er sich wieder aufhellen würde, wenn auch das Rot ausgewaschen war, und er ließ den Motor seines Wagens mit einer langsamen Bewegung an, fuhr unbeteiligt, ohne nochmals aufzuschauen, aus der Parkbucht heraus und ordnete sich in den Verkehr ein. Um die Innenstadt zieht sich ein schmaler Grüngürtel, Rasenfläche mit Baumbestand, eingefaßt durch den Cityring, von dem die Ausfallstraßen abzweigen, weite Adern der Stadt, angelegt auf Verkehrsspitzenzeiten, die das Zentrum verbinden mit den äußeren Bezirken der Speditionshöfe, Großmärkte und Häfen und einmünden in den Alleenring, die zweite Ummantelung des Inneren, oder direkt den Auffahrten der Autobahnen angebunden sind an den Kreuzen. Er aber bemerkte die Straßen kaum, in deren Licht die Stadt nachts glimmt, nichts blieb ihm von ihnen als das weiche Empfinden widerstandslosen Gleitens über die trockene, schneefreie Asphaltdecke. Autobahnauffahrt West und am Nordkreuz vorbei hinaus aus der Stadt, die hineinreicht in die Trabantenstädte, in deren einer er ankam, während meine tagwache Nacht in der größten Halle des Messegeländes begann. Über den niedrigen Messeständen der ganze Raum der Halle und oben die unverputzte Decke mit den freiliegenden Leitungen, den Lüftungsrohren, den vergitterten Saugstutzen, der Sprinkleranlage, den Lautsprechern und den Neonröhren, die am Tag in Reihen die Halle erleuchten. Die Gänge zwischen den Ständen waren schon dunkel und still, nur von E48 gegenüber schimmerten matt und samtig große Werbephotographien am Rande des Lichtkegels einer Leselampe herüber zu mir, Husten hörte ich manchmal, Schritte durch die langen, die Halle in Quadrate zerteilenden Gänge, Fetzen eines entfernten Gespräches und regelmäßig das nahe Geräusch einer Hand, die aus dem Dunkel in das Licht der Leselampe kam, eine Buchseite umblätterte, kurz wieder verschwand und wieder erschien, um für eine Weile still zu liegen auf dem Tisch. Ein Telephon läutete am anderen Ende der Halle, immer weiter, ohne daß jemand abnahm, die Geräusche legten sich langsam wieder, wie Staub im Licht fällt, und alle hörten zu dabei, Rücken an Rücken, nur durch Preßspanwände getrennt voneinander in den engen Messeständen, die völlig im Dunkel lagen. Man soll nicht zu oft auf die

Uhr sehen, dachte ich, und als ich es wieder tat, war es kurz nach Mitternacht und ich hatte lange schon in eines der Treppenhäuser gestarrt, durch die am Tag Licht hereinkommt und die den Hallen angefügt sind wie Verankerungen. In ihnen enden in Höhe eines zweiten Stockwerkes die Laufbänder, die in brückenähnlichen Gängen die Halle miteinander verbinden. Jetzt flimmerte dort eine einzelne Leuchtstoffröhre, und die Rolltreppenstränge lagen unbeweglich und ohne das sanfte Kratzen, das am Tag die Bewegung des Bandes begleitet. Zwei Putzfrauen waren vor einer Weile hinter der Glaswand vorbeigegangen, hatten sich beeilt, die letzten der Putzkolonne, bald würden die Eingänge verschlossen werden, hatten laut gelacht und aufeinander eingeredet, waren immer wieder stehengeblieben, nein, nicht mehr hereingekommen. Die eine blond und mit großen runden Ohrringen, die andere kleiner, drall, der bunte Kittel schmutzig, und ich hatte ihr zugesehen, wie sie gelacht und dabei das weiche Fleisch der Oberarme gezittert hatte, ihre schweren Brüste starr. Die Blonde hatte einmal kurz hineingesehen ins Dunkel der Halle, bevor sie beide aus dem Licht verschwunden waren, das aufgeregt laute Lachen der Kleinen hörte ich noch lange von weit in den Gängen, während er am geöffneten Kühlschrank stand, dessen Innenbeleuchtung das einzige Licht in der Küche, die ganze Wohnung dunkel, nur aus dem Wohnzimmer das Blau des Fernsehers in wechselnder Helligkeit. Von der Autobahn her zogen Lichtbögen über das schwarze Fensterquadrat wie vor mir die Lichtreflexe der Buchseiten unter der Leselampe auf dem Gang. Kalt und bitter in seinem Mund das Bier schmeckte ich, sah ihn mit Anzug und Mantel dort am Kühlschrank in jener Nacht, die wir, wie man sagen könnte, nebeneinander verbrachten im Starren auf zitterndes Geflacker im Dunkel. Nervöse Reflexe der Netzhaut, Wortgeklapper im Kopf. Gegenüber beugte sich eine Gestalt in den Lichtkegel der Leselampe und lehnte sich wieder zurück, glänzende Blechknöpfe blieben hell im Dunkel, der Schatten der gleichen Uniform, wie ich sie trug. Manchmal gab es Kontrollen in der Nacht, jemand leuchtete einen mit einer Taschenlampe an, blinzelnd man selbst, und überprüfte, ob man die Uniform vollständig trug, nicht schlief oder sich betrank, während die Nacht sich weiter still anfüllte mit den unzähligen schillernden Wendungen, Blicken, die einem einfielen, Gesten, Wörtern, Splittern oft nur, die auf der Netzhaut wieder und wieder aufblitzten und im Kopf und auf der Zunge stachen. Was einem einfiel, verknüpfte sich wuchernd zu einem Strudeln, dem man nicht entkommen konnte, ausufernd verborgen vor der Stadt, die man nicht sah. Er stand in der Küche, hörte den Stimmen aus dem Fernseher zu, wartete auf dich, und ich wußte, du würdest spät erst, wenn er schon schliefe, nach Hause kommen. Wie schon am Nachmittag überließ er sich ziellosem Erinnern, als ihm plötzlich eine Frauenstimme aus dem Spielfilm in den Kopf drang und ihn einem bestimmten Satz nachspüren ließ, auf dessen Inhalt er sich nicht besann, den er sich jedoch in allen Modulationen der Stimme vorstellen konnte. Als er sich eine neue Flasche aus dem Kühlschrank nahm, ins Wohnzimmer ging und Mantel und Jackett ablegte, war es kurz nach ein Uhr, die Hälfte der Nacht vorüber und noch lange würdest du nicht zu ihm kommen, er sich betrinken und nachdenken über diese Filmstimme in der Nacht. Jeder Messestand hat eine kleine Küche, die von den Ausstellern am Abend verschlossen wird, damit die Nachtwächter sich nicht an dem vergreifen, was den Messegästen am Tag von den Hostessen serviert wird, die jeden Morgen noch vor den Firmenvertretern auf den Ständen erscheinen und sich gleichgültig unter unseren Blicken mit ihrem Make-up beschäftigen. Doch läßt sich die Tür zur Küche auch ohne Schlüssel öffnen, und auch in jener Nacht holte ich zwei Gläser und den Korn aus dem Kühlschrank, als ich das Schlüsselgeklapper eines Hallenmeisters hörte, der die Eingänge der Hallen verschloß. Einmal fand man einen am Morgen tot im Glaskäfig eines Treppenhauses, ganz weiß soll er im Gesicht gewesen sein, und der Dackel, den er jahrelang in seiner Sporttasche heimlich mit hereingebracht und mit dem er sich auf seinen Runden von Eingang zu Eingang laut unterhalten hatte, habe neben ihm gesessen. Als der Alte jetzt vor mir stand und laut mit seinem Schlüsselbund klapperte, stellte ich Gläser und Flasche vor ihn hin, goß ein, er trank mir wortlos zu, ich goß nach, er trank und bedankte sich. Er sagte, es komme vor, daß die Nächte sich nicht bestechen ließen, nicht bestehlen um eine Stunde Schlaf oder nur einen Traum mit offenen Augen, lehnte mit den Armen auf der Theke, und sein großer, nahezu kahler Kopf hing tief zwischen den spitzen Schultern. Ich nahm die angebotene Zigarette, gab uns Feuer und goß ihm nach. Man dürfe auf gar keinen Fall anfangen, mit sich selbst zu sprechen, sagte er, denn Selbstgespräche begännen zu wuchern, und irgendwann habe man das Gefühl, man schwebe mit den Füßen unter der Neonröhre wie der mit dem Dakkel. Ich dachte an dich. Er fragte, ob ich noch ein Bier hätte, nur heute, weil das so eine Nacht sei, seine Augen waren gerötet, die Gesichtshaut großporig. Ich gab ihm zwei und wußte, er würde sie trinken, während er Radio hörte in dem kleinen, hell erleuchteten Raum neben dem Haupteingang, dann das Licht löschen, das Radio vergessen und einschlafen. Langsam verschwand er und klapperte mit seinen Schlüsseln, als könnte das helfen gegen die Angst, am Morgen einmal nicht mehr hier herauszukommen aus dem Innersten der Stadt, zu weit abzutreiben in die Stille, die einem Bilder und Erinnertes abspult als wäre es Garn von der Spindel, einmal am Fadenende gezupft, so wie er es in deiner Wohnung an diesem Abend mit jenem Satz machte, der unvollständig, klar nur im Klang, als Klang eben erinnert, ihm aus dem Film heraus, den er, wo auch immer, gesehen hatte, in den Kopf gefahren war wie ein Versprechen, eine Verheißung, der er jetzt nachging, umherging in der Wohnung, die du eingerichtet hattest. Seine Hände waren fahrig und begriffen nicht, was sie faßten, weißen Schleiflack und Glas, und ich, halb drei war es da, schraubte die Thermoskanne auf und aß Schokolade, wußte, wie das Wohnzimmer aussah, das Schlafzimmer, in dem er jetzt Licht machte, noch immer warst du nicht da. Er ging auf den Balkon hinaus, frierend in Hemd und Krawatte stand er an der Brüstung, an der noch der Weihnachtsbaum lehnte, und hörte auf den Motorenlärm von der Autobahn, den der Wind heraufträgt und der auch in der Nacht nicht aufhört, beugte sich neben den abgenadelten Zweigen über die Brüstung und erinnerte sich daran, wie er einmal, höchstens vierzehn war er gewesen, vielleicht auch erst dreizehn, sich aus dem Fenster gelehnt und den Geräuschen des Sommerabends zugehört hatte, die ganz langsam leiser geworden und dann verschwunden waren, während die Dämmerung den Garten erfaßt hatte. Es flocht sich in seiner Müdigkeit, in der sich die Wörter mit sich selbst versorgen, Erinnertes wieder ineinander, er beugte sich weit vor und ließ lachend die Flasche fallen, stieß, als er sich umdrehte, einiges Pfandgut um, das auf dem Balkon stand, hatte sich damals weggedreht vom Garten und zugesehen, wie es im Haus dunkel geworden, warm geblieben war, alle Fenster offen, leichter Luftzug von der schattigen Straßenseite des Hauses zum sonnigen Garten. Und nun erinnerte er sich doch noch an das Kleinstadtkino und die Stelle der Handlung, als mitten im Dialog die Klimaanlage angesprungen und mit leisem entfernten Brummen kalte Luft in den beinahe leeren Saal geströmt war und so sich das Gesicht auf der Leinwand mit weichen Dunkelheiten und hellem Glanz auf den Lippen in die Erinnerung gerettet hatte. Er hatte sich vorgelehnt mit dem Kopf auf die Lehne der Sitzreihe vor ihm und dennoch nicht verstanden, was die Stimme gesagt hatte, sich in jener Nacht, als es dunkel geworden war im Garten, zurückgelegt ins kalte Kissen. Die Zeit ist ein Auslassungszeichen, drei Punkte in der Klammer der Nacht, die stumm sich so bewegen wie man liest, der eine Bogen der Klammer wölbt und dehnt sich zum Morgen hin, zum Geräusch der Staubsauger zwischen den Reihen der Stände, und der andere Bogen bleibt in die Nacht gewendet. Er holte sich noch ein Bier, ging dann ins Schlafzimmer und zog sich aus, kam nicht los von jenem Sommerabend, dessen Erinnerung sich in einen vergessenen Satz gerettet hatte und jetzt in diese tagwache Nacht im Dezember hineinspielte, die in einem Morgen endete, dessen Kälte schnell durch das Metalldach der Halle drang. Noch bevor die Heizung eingeschaltet wurde, sprangen die Gebläse mit tiefem Rauschen an, saugten die schwere Luft aus der Halle und pumpten Morgenkälte herein. Ich fror, stand auf und ging umher, immer wieder die Gänge, die verschlossenen Türen entlang und dann die Fluchten weiß glänzender Pissoirs in den Toiletten, in denen alle Lampen auf Knopfdruck zu summen und zu blinken begannen wie unter großer Anstrengung, bevor sie ihr grelles Licht auf die gekachelten Wände und in die Reihen der Kabinen warfen. Im Spiegel ein anderes Gesicht. Die Erinnerung an den Abend im Sommer war nicht der Schlüssel zu jenem Satz, der ihm nicht einfallen würde, einzig der Klang, und der doch von etwas das Ende gewesen war. Ich weiß den Satz. Ihm aber, der am Waschbecken stand und die Flasche mit hartem Klang auf dem Porzellan abstellte, blieb die Erinnerung unauffindbar und stumm in jenem Sommerabend. Als ich bei E48 stehenblieb und ins Blaue des beginnenden Tages hinein dem, der noch immer im Lichtkegel der Leselampe saß, das Buch geschlossen mit rotem Einband auf dem Tisch, einen guten Morgen wünschte, kamst du endlich nach Hause, fandest ihn im Schlafzimmer träumend, seine Augendeckel zuckten, er murmelte leise, und deinen Blick denke ich mir müde, als du dich neben ihn legtest. Er fragte, ob ich mich setzen wolle, und schob noch einen Stuhl an den Tisch. Leicht wuchern Gespräche von sich aus, wohin auch mit den Gedanken, wenn vom Tag nur acht Stunden bleiben vor der nächsten Nacht, die immer im Innern des Erzählten steht, und vielen ist der Abstand zum Tag groß geraten mit der Zeit, sie erzählen von sich, als wären es erfundene Geschichten oder Träume wie der, den er träumte und von dem du nichts weißt. Er träumte von einer Autofahrt durchs Gebirge, im Süden irgendwo auf einer Serpentinenstraße bergan durch kahle, ockerfarbene Felsen, immer höher hinauf in einem großen Wagen, dessen Stoßstange in jeder Kurve weit auf die Gegenfahrbahn ragte und nur langsam auf den kurzen Geraden zurückschwenkte in die eigene Spur. Er sah sich, Staub auf der Windschutzscheibe, abbremsen, beschleunigen, Gänge wechseln mit schweißigen Händen, als der Traum plötzlich die Vorführgeschwindigkeit wechselte, er in Zeitlupe geriet und ihm in schmerzhafter Langsamkeit ein großer, kastenförmiger Wagen entgegenkam. Hinter dem Windschutzscheibenrechteck die scharfkantige Silhouette einer Frau, deren Körper starr wie eine Puppe mit einer Wirbelsäule aus Stahl dem Rütteln des Wagens folgte, das Steuer mit beiden Händen umkrampft. Gerade erkannte er in der Fahrerin die Heldin des Films, da war der Wagen schon an ihm vorüber und im selben Moment schwappte, nur so ist die Bewegung zu nennen, ein weiteres Fahrzeug über eine Straßenkuppe, dessen Fahrer er nicht kannte, und der ihm zulächelte, was ihn so sehr ängstigte, daß er davon erwachte im ersten Dämmer des Tages. Eine Weile noch sah er dir zu, wie du abgewandt dalagst, beim Schlafen, dann zog er sich an, öffnete die Tür zum Balkon, stand kurz in der kalten Morgenluft und verließ die Wohnung. Mein Tag begann mit dem Geräusch anspringender Rolltreppen und dem entfernten Lachen der Putzfrauen. Als bläulicher Schein nur setzte sich das Tageslicht langsam gegen die Neonröhren des Treppenhauses durch, die zuerst eingeschaltet wurden. Mit leisem Sirren flackerte dann träge auch die Deckenbeleuchtung der Halle auf, Lampe für Lampe, plötzlich blendend hell, und überwach sah ich während der beiden letzten Stunden zu, wie Hostessen und Standleiter kamen, unpassend übernächtigt wurde die Halle mir wieder fremd inmitten der Tagmenschen. Draußen die kalte Luft stach mir in das Stück vom Gestern, das ich noch mit mir herumtrug, das Weiß des Himmels schmerzhaft und kalt in den Augen, Straßenbahn und S-Bahn nahezu leer in Richtung Vorstadt, und wie jeden Morgen sah ich mit dieser Fremdheit, die einen lange nicht verläßt, die Bewegungen um mich herum, sich ständig überlagernde und ablösende Gesten, Haltungen, Blicke, denen meine Augen kaum folgen konnten. Dann warf ich die Uniformjacke über einen Küchenstuhl, ging ins Wohnzimmer und genoß die Stille hier oben, die anders ist als die der Nacht und mir in den Ohren schabte wie auf der Haut die kalte Luft von der offenen Balkontür her, die ich schloß. Der Bierrest aus der Flasche am Waschbekken schmeckte schal. Den Geschmack noch auf der Zunge, küßte ich dich in deinen träumenden Mund. Das Bett neben dir war noch warm, das Kissen zerdrückt, und ich liebte dich in deinen Schlaf hinein und endlich mich aus meiner Wachheit hinaus.

Unter uns

Die Lichter im Bahnhof schienen in trübem Dunst zu schwimmen, die Hitze des Tages stand noch in der Halle, wurde zerteilt, aufgewirbelt und schlug als feuchter Hauch ins Abteil, als der Zug anfuhr. Er setzte sich ans Fenster auf den Platz mir gegenüber und du zwischen ihn und den Alten, der die Hände über dem Bauch gefaltet und die kurzen dicken Oberschenkel weit gespreizt hatte. Schon als ich eingestiegen war, hatte er fest geschlafen und auch das grelle Deckenlicht ihn nicht geweckt, mit dem ich ihn aus dem Dunkel hervorholte. Er hustete im Schlaf. Es wurde kühler im Abteil. Ich schaute zu, wie du aus dem Fenster in die Nacht hinaussahst und auf deinen nackten Armen Gänsehaut bekamst, wie die Gänsehaut verschwand und wiederkam. Lange saßen wir schweigend. Irgendwann erwachte der Alte von seinem eigenen rasselnden Husten und musterte uns ausdruckslos und stumpf. Mein Gegenüber fragte mich nach Feuer und bot mir eine Zigarette an. Ich entzündete sie gerade, als der Alte sich plötzlich weit vorbeugte und einer jungen Frau nachsah, die im Gang vorüberging. Zum Boden hinab murmelte er »spitze Brüste«, sackte wieder in sich zusammen und schloß die Augen. Du sahst noch immer hinaus, lehntest deinen Kopf jetzt zurück in das Polster, strichst dir langsam die Haare aus dem Gesicht, massiertest Nacken und Schultern mit beiden Händen und ließest dann eine Hand hinunterfallen zwischen die Beine des Mannes. Sahst weiter ins schimmernde, windige Schwarz. Seine Hand mit der Zigarette still, wie unbelebt, auf der kleinen Ablagefläche unter dem Fenster. Ich sah zu, wie die Asche länger wurde, während die Glut sich langsam zum Filter vorfraß. Erst behutsam, dann immer heftiger und härter, gruben sich deine Finger in den Stoff seiner Hose, drücktest du seine Beine weit auseinander, drängtest an ihn heran und umfaßtest ihn mit der ganzen Hand in einem weichen und doch festen Rhythmus. Dann schnellte sein Oberkörper plötzlich vor, sein Gesicht aus dem Schatten heraus, dein Blick hin zu ihm, du sahst den Ausdruck von Schmerz und Lust in seinem Gesicht und lächeltest. Er sog die Luft tief und laut ein, die Asche fiel von der Zigarette, die Zigarette auf den Boden, und ich trat sie aus. Für einen Augenblick sahst du mich an und dann wieder aus dem Fenster, vor dem im schwimmenden Dunkel die Lichter der Stadt ganz langsam und von weit erst heranzutreiben begannen. Der Husten des Alten wurde lauter.

Nachmittagslicht

»Sag, wie findest du ihn?« »Ich weiß nicht. Ich finde ihn nett.« Ich denke an ihn und sehe dir zu, wie du neben dem schrägen Dachfenster der Küche, den Rücken zu mir, das Geschirr vom Abend in der Spüle wäschst, dich umdrehst von Zeit zu Zeit und Tassen, Weingläser, Teller, das Besteck auf dem Tisch stapelst, an dem ich sitze. Wenn du einen weiteren tropfend nassen Teller auf den Stoß legst, siehst du mich an. Ich trinke den Kaffee und schiebe meine Tasse zwischen die sauberen Gabeln und Messer in das schaumige Spülwasser, sehe wieder auf deinen Rücken und aus dem Fenster in den verhangenen Himmel, greife nach meinem Mantel und suche in den Manteltaschen nach Zigaretten. »Doch wirklich, es war nett gestern abend.« Du sagst nichts. Ich ziehe eine trockene Untertasse als Aschenbecher zu mir herüber und denke daran, wie kurz wir uns erst kennen. Dann bist du fertig mit dem Geschirr, lehnst an der Spüle und trocknest dir die Hände. »Hast du auch eine Zigarette für mich?« Nimmst dir eine Tasse Kaffee, gießt mir nach und setzt dich an den Tisch. Plötzlich ist der Himmel wolkenlos, und die Sonne bescheint hell die feinen Haare in deinem Nacken. Es ist sehr still. Nur der in die Spüle tropfende Wasserhahn. Und wie wir rauchen. Ich schließe die Augen, als die Sonne wieder verschwindet. Denke, ich bin zu müde, ganz plötzlich zu müde, und mir ist kalt. »Hast du mit ihm geschlafen?« »Ja.« Du stehst auf, zerdrückst die Zigarette in der Untertasse ohne hinzusehen und beginnst, mit dem Rücken zu mir, das Geschirr abzutrocknen.

Im Schatten der Naht I

Wenn ich mit der Fingerkuppe der Schattenlinie folge in einem Gesicht, stelle ich mir vor, eine Erhebung zu spüren, bin sorgsam auf die Empfindung bedacht, da ist etwas, ein Weg auf der Haut, und bleibt doch ohne mich. Es gibt primitive Seekarten, Geflechte aneinandergebundener Stöcke, deren Kreuzungspunkte Orte bezeichnen, ohne daß die Karten topographisch ein Gebiet darstellten, meßbare Entfernungen angäben, einen Maßstab oder Größenverhältnisse. Nur in der Imagination, wenn ich meinen Blick hineinschicke in die fiktive Ballistik der Stöcke, deren Projektil mein Auge ist, beginnen die Erzählungen, die diesen Karten beigegeben sind. Du wirst die Spitze eines Berges sehen an diesem oder jenem Kreuzungspunkt, Vögel oder Wolken, springende Delphine, den Berg, die Fontäne des Wals, und an dein Ziel kommen. Einmal erschienen auch in unseren Karten Berge und Städte so, wie die Augen der Reisenden sie sahen von ihrem Weg aus, die Berge kippten weg in die Leere, die dort war, wo man nicht hinsah, die Konturen der Kontinente folgten dem Schritt des Reisenden, der die Dinge auf die Linie seines Weges reihte, und die Städte waren die Erfindung fliegender Augen. Entfernungen waren erzählte Wege, Zeiträume, Geschichten, doch dann verlegten die Zeichner die Ziele hinter die Berge ins Unsichtbare, und heute verschließen die Karten sich im Wissen, daß es die Welt, so wie sie in ihnen erscheint, auch ohne mich gibt, ohne meine Anstrengung und ohne meine Reise. Ihre Sehnsucht ist das Ende der Zeit des Weges. Doch weiterhin liegen auffindbar auf den Dingen Erzählungen als Erinnerung an die Vorstellung einer Karte, eines riesigen Geflechtes von Linien und Knotenpunkten, das auf alle Entfernungen und Orte angelegt werden könnte, für alle Reisen überallhin gälte und verspräche, den Reisenden an jeden Ort einer Erzählung zu bringen. Dieser Karte zu folgen heißt, direkt zu den Dingen zu gelangen, keines zu verfehlen und zugleich nie anzukommen, heißt, die Linien zu lesen, die als Gespinst über allem liegen, Schattenlinien, die man so wenig spürt mit der Fingerkuppe wie den Schwung einer Hand, nie vergesse ich dieses Pendeln. Bin auf dieser Reise selbst Apparatur, Maschine, Experiment, Spiegel, Tonträger, und der Versuch führt mich zu Ende. Erinnern ist Vivisektion, und die Erinnerungssplitter sezieren mich wie Glasscherben, die von allen Seiten in die Haut dringen, schmerzhafter und gründlicher als jedes Skalpell, und aufgerissen erst ergibt sich Geschlossenheit, erst wenn mehrere Ebenen der Deutung, Geraden des Blickes, sich treffen, sich schneiden in mir als ihrem Fluchtpunkt. Vivisektion, Interpretation beim Erfinden, vernetzt Geschehnisse auf eine Weise, die auf den innersten Punkt zielt, der der Aufenthaltsort des Erzählers ist, und wie von selbst fügen die Geschichten sich zusammen im Schatten der Naht, unsichtbar dort, wo sie aneinandergrenzen, im Schatten, der die Erfindung markiert.

Das Glas

Du stößt an die Kante des Tisches, und ein Glas, dessen Fuß ein Stück auf einer der weißen Stoffservietten steht, fällt um. Wein auf dem Tisch. Draußen regnet es. Am Morgen sah ich zu, wie über der Stadt sich Wolken aufbauten, still über den Mittag hinweg, und schließlich Regenböen gegen das Fenster trieben. Auch bei dir wird es nicht sonnig gewesen sein, vielleicht, als die Wolken für einige Zeit in sich zusammenfielen, unter dem Fenster am Nachmittag ein Quadrat weißen Lichts, das sich langsam Diele um Diele nach links in die Ecke des Raums unter das Regal schob und in seinem Schatten sich auflöste. Das Licht im anderen Zimmer zur Straße, ein Kirschbaum direkt vor dem Fenster, Arbeitszimmer mit Tisch und Stuhl, denke ich mir mit grünem Schimmer, Amseln, die nach Kirschen hakken, schwarze Kugeln, die du zertrittst, wenn du aus dem Haus gehst. Das Glas rollt um seinen Fuß in halbem Kreis über den Tisch, rollt über den Tischrand, zögerlich, und zerspringt auf dem Boden. Du öffnest den Mund zum Sprechen, hältst dich am Türrahmen mit einer Hand, siehst herüber zu mir, lächelst, statt zu reden. Hast mir die Wohnung gezeigt, Schlafzimmer, Wohnzimmer, Küche und Bad, Parterre, Altbau, das läßt sich schlecht heizen, doch die Wohnung sei im Sommer angenehm kühl, und, entschuldigend beinahe, hier sei nichts jetzt wie sonst. Der Schreibtisch Tafel mit Tischtuch, Gläsern und Tellern, füllt den anderen Raum bis zum Türrahmen, Aschenbecher überall, die Fenster offen, kühler Wind, Regen draußen, zerknülltes Geschenkpapier in einer Ecke, so spät ist es noch nicht, doch alle sind schon gegangen, das Fest ist vorüber, ich im Sessel am offenen Fenster zum Hinterhof, Aschenbecher und Zigaretten auf der Fensterbank, bin dein letzter Gast. Du räumst das Geschirr zusammen, Licht aus dem Flur fällt dir in den Rücken, auf Tischtuch und Teller, durch den Türrahmen, mein Sessel im Dunkeln, du überlegst, ob ich etwas gesagt habe, über das Glas vielleicht, das dir gleichgültig ist, Glück, fällt dir ein, bringt das, denkst daran, daß du am Morgen Ratten sahst im Hinterhof, der anhaltende Regen muß sie heraufgetrieben haben aus den tief gelegenen Gängen und Röhren, den Schächten und Kellern, die du dir nicht vorstellen kannst und in denen das Wasser das ganze verregnete Frühjahr hindurch höher gestiegen sein muß, so daß sie jetzt, nach oben gekommen, im Hof ihre nervösen Haken schlagen, zitternd geschnüffelte Bahnen, denkst du, und daran, daß er nicht da ist, wieder nicht, nicht zu deinem Fest hat bleiben können, du wirst ihm von den Ratten am Telephon erzählen, morgen vielleicht, heute nicht mehr. Wenn ich den Kopf zurücklege, kann ich oben zwischen den Dächern einen Ausschnitt Nachthimmel sehen. Auf dem Tischtuch der Fleck, rot, an den Rändern heller und in der Mitte von Feuchtigkeit dunkel, der Stoff klebt am Holz, fältelt sich und wirft Blasen. Du siehst mich nicht an, einen Moment noch, könntest du sagen, dann komme ich, zumindest das, noch einen Moment, nichts sagst du. Ich schnippe die Zigarette mit Daumen und Zeigefinger aus dem Fenster, sage, daß es mir um das Glas leid tue und du bist froh, daß ich nicht wissen will, was du denkst, weißt nicht, ob ich das schon mal gesagt habe, ärgerst dich, nicht aufmerksam zu sein. Erinnerst dich, wie er am Morgen abreiste, immer noch etwas suchte und einpackte und wieder aus dem Koffer nahm und du ins Bad gingst, um endlich das Schaumstoffband, das im Winter das Fenster isoliert, zu entfernen. Er kam dir nach, sagte etwas über den Regen, du nicktest und sahst aus dem Fenster, Wolken trieben schwer und langsam von der linken in die rechte Ecke des Himmelsausschnittes, doch dann schien die Sonne für einen Moment zwischen ihnen hindurch, warm auf deinem Gesicht, und eine Mundecke riß ein, als du ihn fragtest, wann er zurückkomme. Jetzt denkst du daran, daß unter deinen Ohrringen die Haut sich entzündet, Nickel verträgst du nicht, beginnt schon zu nässen, doch du wirst die Ohrringe weiter tragen, damit ich die gerötete, später schorfige Haut nicht sehe, fühlst noch kaum die Entzündung, weißt, daß er dich fragen wird, was gewesen sei, nach den Ohrringen und wann. Kommst aus der Küche, lehnst am Türrahmen, kaum noch erkennst du im Dunkel den Sessel, mich, die Glut der Zigarette natürlich, da parkt ein Wagen ein vor dem Haus, und Licht zieht durch den Raum. Die Tischdecke glimmt weiß auf, du schiebst glitzernde Scherben mit dem Fuß zusammen, ich weiß nicht, warum ich zögere, nicht endlich aufstehe und zu dir gehe, vielleicht, weil du dort lehnst mit selbstverständlicher Gewißheit, als wartetest du darauf, abgeholt zu werden, dein Schuh kratzt über das Glas. Wenn das Fenster den Blick freigäbe auf eine Wiese, könnte ich beispielsweise einen Baum entdecken, der nach dem heftigen Regen der letzten Zeit entwurzelt und vom Wind gefällt worden wäre, obwohl er sich in nichts, nicht in der Größe, im Umfang des Wipfels oder in der Färbung der Blätter von den anderen Bäumen unterschieden hätte, und ich könnte dich fragen, ob der Hang vulkanischen Ursprungs, der Baum also auf Basaltgestein gestoßen sei und sich im Gegensatz zu den anderen Bäumen mit einer dünnen Humusschicht habe begnügen müssen, könnte dir ausmalen, wie die Wurzeln kurz gezögert hätten, ob sie sich zwischen den Steinen in Ritzen und Spalten nach unten oder, wie sie es schließlich getan hätten, dicht unter der Oberfläche des Waldbodens ausbreiten sollten. Ich weiß nicht, ob es später ist. Du streichst dir mit der linken Hand das Haar aus dem Gesicht, überlegst, wie es am nächsten Tag sein wird, wieder allein in der Wohnung wird die Stille dem Geräusch deiner Schuhe auf den Dielen nachlaufen, du wirst das Tablett aus der Küche holen, Teller und Tassen zusammenräumen, beiseitestellen und das Tischtuch zusammenlegen. Du prüfst mit den Fingerkuppen, ob der Wein schon eingetrocknet ist, streichst über den Fleck hin, denkst, daß du noch vor dem Frühstück ein neues Tischtuch aus dem Schrank nehmen und über den Tisch legen wirst, das fleckige in den Wäschekorb, bevor du das Geschirr aus der Küche holen und den Tisch decken wirst zum Frühstück. Danach wird er gehen, denkst du, weißt nicht, was du sagen wirst oder ich, lehnst noch immer in der Tür.

Reibst dir den Rotweingeruch deiner Finger unter die Nase, bis dir wieder einfällt, was du beinahe überhört hättest, bin unaufmerksam, denkst du, daß ich deinen Namen gesagt habe, in einer Verkleinerungsform, die du lächerlich findest, ungewohnt, doch, kommt es dir in den Kopf, ist es nicht gleich, wie er mich nennt. Es ist, als wolltest du etwas sagen, Worte hinter deinen Zähnen, machst dich los vom Schatten der Tür, schwer, kommst zu mir ans Fenster, und erst dann sagst du, du seist müde. Plötzlich ist es spät, deine Hand auf meiner Schulter. Die ganze Nacht wird leichter Geruch von vergossenem Wein in der Wohnung sein und kalter Zigarettenrauch, in der Kuhle zwischen Brustbein und Bauch der Aschenbecher, vor dem Fenster immer weiter Regen, das Zittern des Aschenbechers Reflex der Arterien, nichts sonst. Es hört nicht auf zu regnen, werde ich denken und darauf warten, daß du aufwachst und sagst, ich solle gehen. Vom Fenster aus sehe ich die Rückseite dreier Häuser hinter den beiden Mauern, die den Hof begrenzen, der mit Beton ausgegossen ist bis auf ein kleines Stück Kopfsteinpflaster, nach dem Regen der letzten Zeit überzogen mit grünen Flechten, die bei Nässe und jetzt in der Nacht matt schimmern. Die Pflastersteine scheinen sich zu wölben wie die Rücken nasser Tiere. Du sagst, dir sei kalt, und nickst mir zu, als hätten wir etwas überstanden. Ich stehe auf, schließe das Fenster und sage, daß mir das mit dem Glas leid tue. Dein Mund an meinem Hals. Du sagst, das sei doch nicht wichtig.

Hunde

Regen, dünnhäutige Ruhe, die sich einwiegt ins Zimmer, Lauschen sickert durch und durchsetzt das Wachsein mit kalter Feuchte auf der Haut, Geflüster, keinen Hund schickt man, zurück ins kalte Bett, das schläfrig macht, was sich findet, geht in die Bilder williger als in den Schlaf, faßt sich nicht gern an, wie über den Augen im Halbdunkel der Regen flirrt ohne Stimme oder Gesicht, dringt in den Kopf, unterspült ihn, nicht mit Schlaf, lieg still, so kippen große Schiffe ohne Laut erbärmlich langsam in graues Wasser, an welchen Gedanken macht man fest, der Dämmer wird stärker, Nacht steht ins Zimmer, über die Runden kommt man still, über den feuchten Sand, beweg dich nicht, da und dort rutschen Bunker wieder ein Stück weit zum zurückgezogenen Meer, beug dich vor unter die windstille Ecke, dort ist der Regen leiser, das Schaben des Betons wie über fettig nasses Fell, still, Augen zu, fast ist es dunkel, hell nicht lang mehr, einschlafen, noch drei Sätze lang hell.

Der Hals der Frau krümmt sich von den Schulterblättern nach vorn so sehr, daß ihr Kopf weit dem Körper vorgeschoben in gleichmäßig pendelnder Bewegung schwingt, hin und her wie jene halslos in der Schulterpartie an verborgener Feder justierten Köpfe brauner Plastikhunde auf den Rückfensterablagen alter Autos, langsames Kopfschütteln schwarzer Knopfaugen, schlingernde Blicke hinter der Heckscheibe hin und her, zwei Schritte die Frau hinter dem Mann, gehen beide in Morgat, einem Ort in der Bretagne südlich von Brest an der D-255 in Richtung Cap de la Chèvre zwischen Meer und Stadt die Promenade entlang, die sich in weitem Schwung vor den Saum der Bucht legt, an die sich die Altstadt den Hügel herunter herandrängt, und das Schaukeln des Kopfes der Frau läßt ihren Blick über den leicht vorgebeugten, schmalen Rücken des Mannes hinwegpendeln, ein wenig nur größer als sie geht er mit ungelenk steifbeinigen Schritten vor ihr, über die weißen und gelben Längsstreifen des Poloshirts wiegt sich der Blick, über den roten Rucksack, die kleine weiße Mütze mit dem aufgenähten Werbeschriftzug DISCOVER GOLD hinweg nach rechts über die schmale, schlecht asphaltierte Straße mit rissigem Straßenbelag, über die gelben Fahrbahnmarkierungen, die schraffierte Haltefläche und die weiß gestrichenen Basaltquader als steinerne Randpfosten, über die niedrige rötliche Sandsteinmauer und deren Ausbuchtungen für die grünen Holzbänke mit den geschwungenen Gußeisengestellen hinweg und über die Treppen, die in regelmäßigen Abständen hinunterführen zur Bucht zwei Meter unter der Promenade, pendelt ihr Blick hin zum Strand, hell im Mittag der feine Sand eine flache Ebene, hin zum zurückgezogenen Meer im Augenwinkel schaukelt der Blick sich auf den Endpunkt seiner Bewegung hinauf und wird dort atemlos auf einem stecknadelkopfgroßen Augenblick still, ganz ohne Schaumkronen und Geräusche das Meer im Augenwinkel Glitzer, himmelhochjauchzend gespannt, fällt der Blick jetzt wolkenlos herüber über den Himmel, herunter das Schwingen, zurück pendelt der Blick über Himmel, Meer, Strand, Mauer, Straße, Mütze, Rucksack und langsamer über weiße und gelbe und weiße Streifen des Poloshirts, pendelt her zur Reihe der verschiedenfarbigen Plastikstühle und Blechtische, die in einer Reihe ohne Unterbrechung die Promenade säumen bis zur Bordsteinkante des schmalen Gehweges, und der Blick der Frau hält inne im Schatten einer der dunklen Bars, die der Straße ihre ganze Front öffnen, kühl im Dunkel der Theke feucht ein Glas, Lichtreflexe auf den Flaschen, und wieder hin pendelt der Blick zum Meer, her zu den Stühlen, zum Meer, über den Rücken hinweg hin und her, und dann plötzlich, wie jene halslos in der Schulterpartie an verborgener Feder justierten Köpfe brauner Plastikhunde auf den Rückfensterablagen alter Autos, wenn der Wagen über eine Bodenwelle fährt, ruckt der Kopf nach unten, einen gelben Streifen des Poloshirts zwischen den Schulterblättern schnell entlang und über die weißen Bermudashorts und die weißhäutigen behaarten Beine nach unten, wo zum Meer hin und manchmal auch neben den Stühlen und Tischen, ganz wie der Platz es erlaubt, der Hund des Mannes, einer jener gedrungenen braunen Mischlinge, krummbeinig mit kastigem Leib und tütig spitz zulaufendem Kopf, starr geradeaus läuft auf der Promenade zwischen Meer und Stadt, hell ist es, Mittag, das Schaukeln ihres Kopfes, verschluckt es das Licht?

Lauschen sickert durch, durchsetzt das Wachsein mit

kalter Feuchte auf der Haut, Geflüster, keinen Hund schickt man, zurück ins kalte Bett, das schläfrig macht, was sich findet, lieg still, der Blick der Frau schwingt mit jedem Schritt langsam über den Rücken des Mannes, dünnhäutiger Regen, dunkle schweigsame Spur von Augenblicken im hellen Mittag, die man nachzeichnen könnte, der man nachhorcht, gespannte Ruhe, die sich einwiegt ins Zimmer, Meer und Stühle und Tische im Augenwinkel, im pendelnden Blick hin und her das Meer ein kristallines Blinken, das eingefroren flirrt, Gelee im Scheitelpunkt der Bewegung ihres schwingenden Blickes, dringt in den Kopf, geht in die Bilder williger als in den Schlaf, winziger Punkt, der die Frau dünnhäutig sticht vor Helle, unerreichbar, schmerzhaft, Geflüster, und schon pendelt ihr Blick zurück zu den Stühlen und Tischen, Musik aus dem schläfrig dunklen Raum der Bar, die weit offensteht gegen sie, zu den Blicken der Frauen und den Blicken der Männer der Frauen auf den Stühlen vor den Tischen, die ihren pendelnden Blick kreuzen, faßt sich nicht gern an, wie über den Augen im Halbdunkel der Regen flirrt ohne Stimme oder Gesicht, dringt in den Kopf, unterspült ihn, nicht mit Schlaf, beschleunigt, wie man eine Schaukel anstößt, das Schaukeln des Kopfes der Frau, der hin und her kippt wie jene halslos in der Schulterpartie an verborgener Feder justierten Köpfe brauner Plastikhunde auf den Rückfensterablagen alter Autos, angestoßen vom gleißend spitzen Meer und den Blicken, läßt sie Meer und Tische und Stühle und die Blicke der Frauen und die Blicke der Männer der Frauen hinter dem Rücken des Mannes abgleiten, hin und her wie schmerzhaft geblendet mit ihrem willig schaukelnden Kopf, wendet sich über den Rücken des Mannes, über die weißen und gelben Längsstreifen des Poloshirts weg, sieht den roten Rucksack, die kleine weiße Mütze mit dem aufgenähten Werbeschriftzug DISCOVER GOLD, nach rechts wieder über Straße und Mauer zum Strand, da und dort rutschen Bunker wieder ein Stück weit zum zurückgezogenen Meer, ganz ohne Schaumkronen und Geräusche still durchsetzt es den Blick, still ausatmen einen Moment nur, bewegungslos und ungesehen von den Blicken der Frauen und den Blicken der Männer der Frauen, schlafend still sickert das Blau ein, so kippen große Schiffe ohne Laut erbärmlich langsam in graues Wasser, doch dann blendet das Meer stecknadelkopfgroß im Augenwinkel so hell, daß sie sich abwendet, hin wieder über Himmel, Meer, Strand, Mauer, Straße, Mütze, Rucksack und Poloshirt zurück ihren Blick einwiegt, zurück zur Reihe der Plastikstühle und Blechtische und Blicke, und her wieder, Mittag blendend hell unterspült sie, und dann endlich, wie jene halslos in der Schulterpartie an verborgener Feder justierten Köpfe brauner Plastikhunde auf den Rückfensterablagen alter Autos, wenn sie über eine Bodenwelle fahren, rutscht ihr Blick aus der Helle hinaus und schnell einen gelben Streifen des Poloshirts zwischen den Schulterblättern hinab und über die weißen Bermudashorts und die weißhäutigen behaarten Beine des Mannes hinweg nach unten zum Hund des Mannes, verfängt sich einen Moment im braunen, wie fettig nassen Fell und fällt weiter, auf den Asphalt und weiter, an welchen Gedanken macht man fest, der Dämmer wird stärker, Nacht steht ins Zimmer, über die Runden kommt man still, über den feuchten Sand, beweg dich nicht, beug dich vor unter die windstille Ecke, dort ist der Regen leiser, das Schaben des Betons wie über fettig nasses Fell, still, Augen zu, fast ist es dunkel, hell nicht lang mehr, endlich, denkt sie, Nacht.

Der schwarze Asphalt des nahezu leeren Parkplatzes in der Mitte des Ortes dampft Helligkeit und Hitze, als Hund, Mann, Frau ihn erreichen die Promenade entlang, die Frau zwei Schritte hinter dem Mann, über dessen Poloshirt, über weiße und gelbe Längsstreifen, über dessen roten Rucksack und kleine weiße Mütze mit dem aufgenähten Werbeschriftzug DISCOVER GOLD und weiße Bermudashorts und weißhäutig behaarte Beine ihr Blick pendelt, selbst noch, als sie vor dem geöffneten Kofferraum eines beigen Peugeot 204 stehen, dessen Heckklappe sie schräg überragt, und der Mann Klappstühle und einen Klapptisch hervorholt, Plastiktassen und eine Thermoskanne, Kekse in einer länglichen, roten Packung, im Kofferraum die Kühltasche mit Lebensmitteln, Sonnenschirm, ein durchsichtiger Plastikkanister, Badetaschen, Strandmatten, und vor dem Wagen auf dem Boden ein weißer Napf, am Himmel keine Wolke, Mittag vorüber, und die Frau nimmt den Plastikkanister aus dem Kofferraum des Wagens, schraubt ihn auf und gießt Wasser in den weißen Napf, über den sich der Hund kauert, der Mann auf dem Klappstuhl, eine Hand auf dem braunen Nackenfell des Tieres, beugt sich über ihn, da wirft der Hund die Schnauze mit einemmal hoch und trifft den Mann mit dem bulligen Hinterkopf am Kinn, ruckt hoch zur Ausgußöffnung des Kanisters mit einer schnellen, geradlinigen Bewegung, nicht hinunter zum Napf, in dem klares Wasser glitzert, hoch zur Flasche, und der Mann schaut hin und her, der Blick seiner schwarzen Knopfaugen pendelt von der Frau zum Hund, dessen Zunge gierig an der Ausgußöffnung des Plastikkanisters leckt in den stoßartig vorquellenden Strahl, pendelt vom Hund zur Frau, die den Kanister hält und ausgießt daraus, sich so zurückbeugt dabei, daß ihr Rükken gerade wird und der Kopf im Nacken liegt dabei, und jetzt lächelt die Frau über den Hund hinweg, über den Mann, über das Auto, den Parkplatz, die Promenade, die Sandsteinmauer und auch über das Meer hinweg, über den gleißend hellen Himmel hinweg lächelt sie und nimmt den Kanister mit beiden Händen hoch, der Hund legt den Kopf auf die Seite, der Mann sieht auf den Boden, und die Frau nimmt die Ausgußöffnung an die Lippen und trinkt und schluckt und trinkt gierig, den Kopf im Nacken, das Wasser glitzert im durchsichtigen Plastik des Kanisters wie in der Dunkelheit amerikanischer Filme das Meer, sie hat die Augen geschlossen und lächelt und trinkt und um sie ist, wie ein Schlagschatten, helle und klare Nacht jetzt.

Regen, dünnhäutige Ruhe, die sich einwiegt ins Zimmer, sickert durch und durchsetzt das Wachsein mit kalter Feuchte auf der Haut, dringt in den Kopf, unterspült ihn, Nacht steht ins Zimmer, still, Augen zu, einschlafen jetzt.

Der Kuß der Muse

Hattest aufgehört zu lesen, das Buch auf den Boden gelegt, die Augen geschlossen, vergessen, das Licht auszuschalten, warst eingeschlafen, als es im Hinterhof zu dämmern begonnen hatte, jetzt ist es längst dunkel, und du liegst in einem scharf umrissenen Lichtkegel, der über dem Kissen, dem Rückteil des Bettes, der geflochtenen Lehne des roten Korbstuhles, einem halbkreisförmigen Ausschnitt der grüngeblümten Tapete und deinem Gesicht liegt wie ein Tuch. Als du aufwachst, siehst du hinter dem Vorhang im Fenster gegenüber den Schatten einer Gestalt, leicht schwankt der Stoff. Erst mein Blick holt deine selbstvergessenen Gesichtszüge zusammen in einem kalten, scharfen Schreck, und dieser Moment überraschter Unaufmerksamkeit entblößt mir, als du erwachst, ein Gesicht, das du nicht kennst. Weißt nicht, wie lange ich dich angesehen habe. Sehe was, was du nicht siehst. Rücke vor bis auf Los. Die erzählte Geschichte ist die Realisation ihrer Bedingungen, erzählt den Anlaß, an dem sie wirklich wird, sieht ab von dem, was sie erzählt, und denkt über ihr Geheimnis nach, kein Erzähler macht sich unsichtbar. Verheimlicht er sich und tut so, als schriebe er nicht, verleugnet er die Bedingungen, unter denen er sich selbst herstellt. Sätze justieren sich, als pendelten sie über dem noch nicht geschriebenen Text. Der erste Satz ist in dir verborgen, die Bedingung des Anfangs, an den weitere Sätze sich anlagern, mit denen ich nach dir greife, so findet man über den Anfang hinaus. Schatten reichen hoch bis unter deine Augen und tief hinein, denke mir aufgerissen klaffend die Augenhöhlen, als verbärge sich, sammelte sich Vergangenheit wie in Wasserlöchern darin, ganz nah wiegt dein Mund sich hart über der Linie deines Kinns, dort liegt eine Stelle im Windstillen verborgen, bist mir nicht fremd, woher weiß deine Haut, was sie sagt, dein Mund läßt nicht ab von mir wie das Atemholen, dem er sich öffnet, die Muskeln greifen Lippen und Lider, Augenbrauen und Stirn, stelle mir die schmalen Spangen deiner Schläfen vor, die Knochen ruhen still, ganz nah jetzt, beinahe schon lebendig, darunter geht es hinein in den Kopf, über die Jochbögen hinweg, als glitten weiche Pneus langsam über Bordsteinkanten. Ich muß dir nicht sagen, wie du schmeckst, nicht, wie du lachst, wie du schaust, nichts davon muß ich dir sagen, du weißt es und weißt es nicht, wenn ich Hand an dich lege, häute ich dich mit jedem Strich meiner Fingerspitzen. Heiß und hell eine Straße von links nach rechts und von rechts nach links. Pinien und hölzerne Strommasten in gleichmäßiger Folge. Ein kleines Lokal. Tische mit Stühlen und glänzend blaue Aschenbecher. Das Land flach, windig, sandig vom Meer her. Einmal kommt ein Auto vorüber, man sieht es von weitem schon, bevor es noch zu hören ist, ganz langsam wird es lauter und für einen Moment unerträglich wie ein plötzlich heißer Windstoß, so daß die Stille strudelt und dröhnt, dann schon vorüber. Es bleibt sehr lange Mittag, du schaust nach links und nach rechts die Straße hinunter, in den kühlen Wind oder nicht, und dann siehst du mich an, jetzt erst stehst du am Anfang, und ich weiß, was du denkst und wie weiter. Du streichst über das Laken, sagst »komm«. Neonreklamen und dunkle Hauseingänge, Tankstelle, Spielhalle, Harrys Pinte, ich gehe um den Häuserblock, bleibe vor dem verwahrlosten Gründerzeithaus stehen, das losgelöst von allem, was es einst links und rechts in den Straßenzug zwang, dünn hoch aufragt mit bloßgelegten Backsteinseiten, an denen noch Tapeten kleben und Kacheln wie Gestank. Dein Name, derjenige der Erdgeschoßwohnung, ist als einziger mit einem kleinen Messingschild auf das verstaubte, hölzerne Klingelbrett geschraubt, die dünnen Zellophanhäutchen neben den anderen Klingelknöpfen sind zerrieben, zerrissen, Namen ausgekratzt, mit Kugelschreiber durchgestrichen, überschrieben, Pappkärtchen mit rostigen Reißbrettstiften befestigt, nur dein Name deutlich auf glänzendem Messing neben der mit Buntglasscheiben verzierten Tür, die offensteht. Grüne Ölfarbe schimmert feucht im Dunkel, Lichtschein von der Straße fällt über das schmutzige schwarzweiße Karo der Steinplatten. Deine Wohnungstür ist mit einer rohen Preßspanplatte verstärkt, keine Klingel, ich klopfe und öffne sie, ein Lüster an der hohen Altbaudecke gibt dem Flur mit zwei Kerzenbirnen dämmriges Licht, eine Tür auf jeder Seite, ein roter Vorhang gegenüber, ich schiebe ihn beiseite, erkenne die grüngeblümte Tapete, das Bett, du streichst mit der Hand über das Laken, und die Muskeln spannen und strecken sich in der Bewegung des Arms, streichst mit der Hand über das Laken hin, lächelst und richtest den Oberkörper hoch auf. Die

Hand, mit der du dich hinter dem Rücken abgestützt hattest, weist mit einer ausholenden Bewegung auf den roten Korbstuhl schräg in der Ecke des Raumes, der den Blick direkt auf die Mitte des Bettes lenkt. »Setz dich.« Als ruhte dein Oberkörper lose nur auf einer winzigen Stelle in der Taille, balancierst du mit ausgestreckten Armen. Als ich mich setze, läßt du dich zurückfallen, auf das spitzenverzierte Kissen den Kopf, die Arme so auseinander, daß du dich an den metallenen Bettpfosten halten könntest, legst deinen Körper zwischen uns und streichst wie über das Laken langsam an ihm hinab, als überlegtest du, was zu tun wäre, und spürtest die eigene Berührung nicht, quer über Becken und Scham in einer kreisförmigen Bewegung, die auf dem Oberschenkel ausschwingt. »Die Kunst ist für den Betrieb der Selbsterhaltung unnütz. Soll sie sich wenigstens durch eine Art von Gebrauchswert bewähren, der der sensuellen Lust nachgebildet sein muß.« Wer sagt das? Ich betrachte deine ausrasierten Achselhöhlen mit den winzigen schwarzen Stoppeln, weiß, ich bin dir keine Antwort schuldig. »Jede wollüstige Szene beginnt mit einem Augenblick der Ruhe. Es sieht so aus, als fürchtete man, die Wollust könne beim Sprechen entschlüpfen«, sagst du, du nicht, Juliette sagt das. Stelle mir kurze Momente von Stille vor, die man hört wie das Rauschen des eigenen Blutes in den Ohren. Wie macht man Stille mit Wörtern? Es genügt nicht, sie zu beschreiben. Gibt es einen Zusammenhang zwischen der Stille und dem unverkleidet werkzeughaften Lärm der Lust, Juliette? Du winkelst die Beine an, ziehst sie so nah an den Körper, daß sie mir dein Gesicht verdekken und mein Blick abfällt, nicht auf dein offenes Geschlecht, sondern auf die Strümpfe, die apricotfarbenen Strumpfbänder, die mit gelben Teerosen besetzt sind, deren Anblick mich erschreckt, mein Kopf ruckt zur Seite, mein Blick huscht weg, zurück. Spiegel, Korsett, Peitsche, Nana, Absinth, Venus im Pelz zählt es sich auf, Münder, Samt, Männer mit Wolfsmasken, zehnjährige Mädchen mit dünnen Rattenzöpfen, alte Photographien, schmerzhaft helle Bilder, völlig still, wortlos, und doch angefüllt mit Geschichten. Verwundert läßt du die Beine sinken, stützt die Füße aufs Laken, und wie einen kalten Lufthauch spüre ich deinen Blick, hängt sich deine Stimme mir in die Gedanken, breitet sich aus zu dem Satz, »sieh mich an«, und deine Stimme lockt meinen Blick zwischen die angewinkelten Beine, die du ihm öffnest. »Hast keine Übung, mußt vorsichtig sein.« Du schiebst eine Hand langsam über den Schamhügel, läßt mich nicht aus den Augen, kontrollierst meine Reaktionen, während du dich streichelst, und ich sehe, als schliefe ich mit offenen Augen oder sähe ins Dunkle, worin die Pupillen sich weiten, der wellenden Bewegung um deinen Finger zu, die meinen Blick wie ein Zoom immer näher an sich heransaugt, die Schenkel verschwimmen am Rand des Kameraausschnittes im Unscharfen, während jedes Haar zu erkennen ist um die Schamlippen, zwischen denen, von Zeigefinger und Mittelfinger der anderen Hand wie von Operationsklemmen gespreizt, der rote Fingernagel in der Bildmitte über der Klitoris zittert. Unter dem Getöse der Folterwerkzeuge und dem monotonen Lärm der Textmaschinen wartet die Stille, als machte der Lärm die Stille erst beredt durch ihre Abwesenheit, als wären Texte Strategien, denen gerade durch ihre Unzulänglichkeit, durch den Mangel, den sie verkünden, Schönheit anhaftet. Sie verweisen auf die Stille wie die Prothese einer Hand, die ein Glas greifen kann und hilflos in ihrer Funktion die Erinnerung bewahrt an das Gefühl von Berührung. Ich sehe auf den Boden und weiß, ohne es zu sehen, daß deine Hand zwischen den Beinen zögert und du nicht mehr lächelst. Wie ein Krampf, der mir die Augäpfel zurückbiegt, zurück in die knöchernen Augenhöhlen, ziehen mir die Bilder den Blick weg, und ich kann mich, in der Starre, die mich immer fester umspannt und mir den Atem nimmt, nicht abwenden. »Hör auf, schau hierher.« Wieder löst deine Stimme den Krampf, winkt meinen Blick hinauf zu deinem Gesicht. Geschichten sind solche Strategien des Lärmes, Figuren, Erzähler, das Ich in Texten ist Lärm, was bist du? »Laß uns reden«, bitte ich dich leise und suche schnell deinen Blick über die Hand hinweg, die zwischen den Beinen flattert. »Was in den Collagen geschieht«, erklärst du, »was in ihnen krampfhaft innehält wie der gespannte Zug von Wollust um den Mund, ähnelt den Veränderungen, die eine pornographische Darstellung im Augenblick der Befriedigung des Voyeurs durchmacht.« Ich weiß, sage, »das Unaussprechliche ist im Ausgesprochenen als nicht Ausgesprochenes enthalten«. »Wovor hast du Angst?« fragst du, und der Satz zielt mir zwischen die Beine, als leckte mich deine Stimme. Hieße das nicht, daß der Autor genauso wie der Leser in Geschichten geriete ohne sein Zutun, in

Textmaschinen, die ihre Bilder selbständig produzieren, um auf die Stille zu verweisen? »Paß jetzt gut auf.« Du breitest die Arme weit aus und drehst dich langsam zur Seite, bis dein Kopf auf dem ausgestreckten linken Arm liegt, in dessen Beuge die helle Haut die blauen Gespinste der Blutgefäße abzeichnet. Die ausgestreckte Hand winkt auf das Bett, und mit einemmal ist neben dir auf dem weißen Laken ein Körper, ein Mädchen in deinem Arm wie schlafend, du schiebst den Mund ganz nah an sie heran, flüsterst etwas, das Mädchen schlägt die Augen auf und du die Zunge tief in ihr Ohr. Hab deinen Blick nicht mehr, meine Augen folgen deinem Körper statt dessen, vorsichtig, damit mich die Bilder nicht wieder mit sich fortreißen, der Verkürzung deiner Beine, deines Rückens, Fluchtlinien, die mich weiterziehen, als sprächest du noch und erzähltest mir von der, die bei dir liegt. Du hast recht, es handelt sich nicht um Innerlichkeit, die in Texten nach außen gestülpt würde. »Diese Bilder sind nicht die eines Inwendigen, als vielmehr Fetische, an die etwas Subjektives, Libido sich heftet«, murmle ich. Jede Erzählung sieht ab von dem, der sie erzählt, und was sie erzählt, ist nur Anlaß, an dem ihre Bedingungen wirklich werden und die Strategien des Lärms sich etablieren. Du lachst laut, drehst dich auf die andere Seite, und ein Mann liegt dir, schlafend wie das Mädchen, das dir in der Bewegung entschlüpft, im anderen Arm. »Na«, sagst du, nimmst ihn und legst dir seinen Schwanz an die Möse wie ein Kind an die Brust, »komm«, und ich sehe zu, wie sich deine Beine um seine Hüften schließen und wieder aufklappen, Füße über das Laken schlittern, deine Faust ins Kissen neben dem Kopf schlägt. Plötzlich schnellst du mit einem Schrei auf und schließt lächelnd die Augen. Sitzt auf dem weißen Laken mit weit geöffneten Schenkeln, als wäre er in dir, und ist doch verschwunden, als du mit einem langen, verebbenden Ton die Luft durch die Nase ausstößt. In einer zurückweichenden, sehr stillen Bewegung schließen sich die Schamlippen. Du siehst mich an. Nur Filmen gelingt es, stumm zu sein, ohne zu schweigen, nebenbei zu erzählen, das heißt, in einem stillen Gebiet. Texte aber fallen nicht mit jedem Anfang in den Stand der Unschuld zurück, ihre eigene Herkunft kopiert sich in sie hinein, bricht sich und erscheint wieder und wieder im Erzählten erneut. »Sag es«, sagst du. »Heiß und hell eine Straße von links nach rechts und von rechts nach links. Pinien und hölzerne Strommasten in gleichmäßiger Folge. Ein kleines Lokal. Tische mit Stühlen und glänzend blaue Aschenbecher. Das Land flach, windig, sandig vom Meer her. Einmal kommt ein Auto vorüber, man sieht es von weitem schon, bevor es noch zu hören ist, ganz langsam wird es lauter und für einen Moment unerträglich wie ein plötzlich heißer Windstoß, so daß die Stille strudelt und dröhnt, dann schon vorüber. Es bleibt sehr lange Mittag, du schaust nach links und nach rechts die Straße hinunter, in den kühlen Wind oder nicht«, sage ich, und du küßt mich, Muse.

Himmelfahrt I

Unter dem Datum des Feiertags der Aufnahme der Gottesmutter in den Himmel, Mariae Himmelfahrt 1919, berichtet Rilke davon, wie er als Schüler im Physikunterricht den damals neu erfundenen Phonographen nachbaute. Er habe ein Stück Pappe zu einem Schalltrichter zusammengebogen, an der engeren Öffnung mit Pergamentpapier als Membran verschlossen, die Borste einer Kleiderbürste als Nadel daran befestigt, einen mit einer Kurbel drehbaren Zylinder als Walze mit einer dünnen Schicht Kerzenwachs überzogen und dann durch den Schalltrichter gesprochene Worte darauf übertragen. Beim Abspielen sei aus der papiernen Tüte der Klang unbeschreiblich leise auf ihn zurückgezittert. Doch nicht an den Ton aus dem Trichter, sondern an die Spuren und Zeichen, die der Stift des Phonographen in die empfangende Wachsrolle einritzte, habe er sich später beim Betrachten der Kronen-Naht eines Schädels wieder erinnert. Seither steige immer wieder der Antrieb in ihm auf, aus dieser unvermittelt wahrgenommenen Ähnlichkeit Absprung zu nehmen zu einer ganzen Reihe von unerhörten Versuchen. Er gestehe, daß er die Lust dazu, sooft sie sich melde, nie anders denn mit strengstem Mißtrauen behandle. Wie nun, wenn man diesen Stift täuschte und ihn über eine Spur lenkte, die nicht aus der graphischen Übersetzung eines Tones stamme, sondern ein an sich und natürlich Bestehendes, eben die Kronen-Naht wäre.

Himmelfahrt II

George Stubbs mietete 1750 ein Haus am Rande von Horkstow, Lincolnshire, ließ eine Luke im Dach anbringen und innerhalb von 16 Monaten mit einem Flaschenzug über ein Dutzend Pferdekadaver ins Dachgeschoß heben. Stubbs durchschnitt ihnen die Halsvene, ließ die Tiere ausbluten, konservierte sie, indem er in Adern, Nervenbahnen und Muskeln heißes Wachs spritzte, und befestigte sie mit zangenartigen Greifhaken, die er ihnen durchs Rückgrat trieb, im Gebälk. Er simulierte die verschiedenen Gangarten und Bewegungsabläufe des Muskelapparates der Pferde, häutete schließlich die Körper, trug Lederhaut, Bindegewebe, Fleisch, Blutgefäße und Muskulatur ab, bis nur die Skelette übrigblieben, die durch die Haustür hinausgeschafft wurden. Die Ansicht jeder Körperschicht hielt Stubbs sorgfältig in Zeichnungen fest. Während dieser Zeit lernte er Mary Spencer kennen, die trotz des fürchterlichen Geruchs verwesenden Fleisches, wie die Biographen betonen, bei ihm blieb und ihm einen Sohn gebar. »The Anatomy of the Horse« mit 36 Bildtafeln erschien 1766.

Himmelfahrt III

In der ersten Einstellung sieht der Betrachter ein lesendes Mädchen und eine Kamera auf Schienen, die das Mädchen filmt, langsam aus dem Bildhintergrund herankommen. Eine Stimme nennt die literarische Vorlage des Films, die Namen der Darsteller, die Verantwortlichen für Kamera, Musik, Ton und Schnitt, den Namen des Produzenten und zuletzt den des Regisseurs. Die Einstellung endet damit, daß das Mädchen aus dem Bildrahmen hinausgeht und die Kamera jene Kamera filmt, die das Mädchen filmte. Langsam schwenkt das Objektiv herüber und senkt sich von oben herab in den Blick des Zuschauers. In der letzten Einstellung des Films erklärt Fritz Lang, die Einstellung, die er filme, zeige den ersten Blick des heimkehrenden Odysseus auf seine Heimat Ithaka. Die Kamera zeigt das Meer. Jemand sagt »silenzio«. Musik setzt ein. Der Film ist zu Ende.

Augenblick

Ich weiß, weiß nicht woher, alles über dich, und du gibst mir, das Bier über den Tresen, Blick und Siegel darauf, läßt mich stehen an der Theke, als wäre nichts, gehst zu den Tischen, sprichst hinter meinem Rücken mit jemandem, noch ist Zeit. Die Musik hört auf, leeres Band läuft weiter, stoppt dann, und das Laufwerk brummt gegen den Widerstand an, bis der Tonkopf mit einem hellen Geräusch zurückspringt und die Mechanik sich ausschaltet. Du kommst zurück hinter den Tresen, und dein Blick liegt bewegungslos stumpf im Raum. Bemerkst die Stille nicht. Ich weiß, gleich beginnt es. Geräusche schwappen herein, ein kalter Luftzug, als die Tür zufällt, du lehnst dich frierend gegen den Tresen und ziehst die Arme um den Oberkörper zusammen. Ich lasse nicht ab von dir, will den Augenblick nicht versäumen. Und du, als wäre ich nicht da, sähe nicht zu, gähnst, wirst müde, dein Mund wird weich, die Linien der Augenbrauen glätten sich langsam, wie Gräser sich wieder aufrichten. Bist schon verstrickt in die Geschichte, eingeklinkt, verdecke dein Gesicht den anderen, sehe durch das Fenster ein schmales graues Himmelsstück, darunter Häuser, Autos, deren Lichter durch den Raum rutschen. Du schließt die Augen und legst den Kopf in die Armbeuge, jetzt beginnt es. Ist ein Zittern. Im geschlossenen Augenwinkel, in einer Mundecke, an der Haut zwischen Daumen und Zeigefinger ein Zittern zu Beginn. Deine schlafende Stimme habe ich plötzlich im Ohr, hör zu, sagst du. Ein Zittern, nicht mehr, doch das setzt sich fort, als antwortete es sich selbst von verschiedenen Stellen. Die weiche Haut am Hals körnt, warm und doch von Kühle geschüttelt, die Nasenflügel vibrieren, ruhelos huscht das Zittern, eine schwache Welle, über die Innenseiten der Oberschenkel, in den Kniekehlen ist es, die Wade hinab, und du sprichst weiter, sagst, hör zu, holst Atem und drehst dein Gesicht mit den geschlossenen Lidern, blinde Pflanze, herauf zu mir. Ich weiß, murmle ich, damit du schweigst. Jetzt ist es am rechten Knöchel und brennt auch auf der porigen Haut der Wange, eine Falte in der Handinnenfläche kräuselt sich, und das Zittern kommt kurz zur Ruhe, als deine Hand sich schlafwandelnd unter den Pullover schiebt und auf den Nabel legt, doch da steckt es schon unter den Fußsohlen und kriecht den Rücken hinunter, die Wirbelsäule entlang von Rippe zu Rippe hinab, und zugleich die Schenkel hinauf, trifft aufeinander und weicht wieder zurück, verebbt, kommt zur Ruhe, läuft aus. Hör nicht auf, flüstere ich. Hör zu, hältst du mir schlafend entgegen. Sei still, sage ich, weiter. Einen Moment lang geschieht nichts, und ich muß warten, doch dann kommt flackernd Rot auf deine Lippen, sie stülpen sich angespannt ihre Grenze entlang und nach vorn, und jetzt, weiß ich, geschieht es. Es springt auf die Augenlider über, die sich langsam mit spitzem Zittern öffnen wie Wunden. Bleib so, zeig es, beweg dich nicht. Und der Mund fällt auseinander. Über Poren und Haarwurzeln verebbt die Bewegung, die Haut ruht, es ist still. Ich sehe endlich deine Augen, die schwimmenden Bälle, gefühllos ohne Sinn für Wärme und Sträuben und gänsehäutiges Zucken, beiseite geschoben der faltige Überwurf, und ich beuge mich über dein Gesicht, kann mich nicht sattsehen an der Glätte, flüstere, sei still, sag nichts. Schlafblind ruhen die Augen, deren Kälte die Haut so wachsweich und warm verstummen läßt, daß sie sich kein Zittern mehr erlaubt, und selbstvergessen dreht sich die Iris jeder Kugel jetzt in vollkommener Gleichzeitigkeit langsam ins Licht, blicklos dem Himmel zu, und ich sehe, wie der Himmel einfällt, Licht und der Raum, mein Bild sehe ich, das die Kugeln spiegeln über ihren inneren Brennpunkten, sehe, wie aus imaginären Koordinaten meine Gestalt entsteht, und erkenne mich endlich. Mühsam ziehst du die Luft ein, und, sag nichts, sag ich, sagst, hör zu. Ich leg dir, damit du schweigst, für einen Moment einen Finger auf die Lippen. Da schließen sich in schnellem Reflex die Lider, bedecken die Augen und holen sie, empfindlich gegen die Geräusche des Blutes, der Muskeln, der Knochen, ins Dunkel zurück. Eine Hand greift nach dem Mund, der Kopf wirft das Haar, die Zunge befeuchtet die Lippen, im Nacken spannen sich Muskeln, deine Wahrnehmung setzt wieder ein, die Temperatur der Luft auf der Haut, kalt, warm, die Empfindungen ordnen sich, Gerüche, Lichteinfall, ich sehe, wie du blinzelst, jetzt wachst du auf, verlagerst dein Gewicht von einem Fuß auf den andern, Rückkopplungen, Abgleich, Muskelarbeit, Reizstimulation, eingespielte Verfahren, bekannte Bewegungssequenzen, sehe, wie du die Augen öffnest, dein Gesicht mir zuwendest, mich ansiehst. Du lächelst verlegen und räusperst dich, sagst, hör zu. Ich sage, sei endlich still.

Im Schatten der Naht II

Dem Du hat sich ein Vorhof gebildet, wie man vom Mond sagt, er ziehe Wasser, wenn jenes milchige Flirren kreisrund ihn umgibt, das bei der Sonne eine astronomische Bezeichnung hat, von der ich nicht weiß, ob sie auch auf den Mond zutrifft, vergessen das Wort für jenen flirrenden Bogen, der geschlagen ist um das Du, das mir durch die Wörter steigt mit weitem Schritt, weiß nicht, warum ich glaube, was ich suche, könne aufgefunden werden in jenem Schwung einer Hand, den ich einmal sah, weiß nicht wann, und ob überhaupt, vielleicht, daß ich nur immer wieder von neuem dieses Bild erfinde, an das ich meine Augen nageln würde und das den Wunsch endlich löscht, am richtigen Ort zu sein. Immer neue Geschichten, um diesem Schwung ein Gesicht anzupassen, keine fügt sich in diesen Augenblick, der sich selbst beschreibt. Der Arm pendelt in der Luft, ein Moment ziellosen Interesses und gespannter Ruhe, der Arm schwingt scheinbar schwerelos wie eine unberührte Berührung. Finde nichts, was Halt böte, was fragst du, will gehalten sein. Die Geste deiner Hand öffnet Bilder wie ein Mund, ich bin die Drohne, die sie bewahrt und hinter sich herschleift, nichts sonst, brauchst mich, bist der Körper, dem sich die Wörter anschmiegen, die ich treibe wie Blumen, bist Mehrzahl, reichst über alles, und ich weiß, wenn du erschienest, hörte die Zeit auf im Pendeln deines Armes, und die Wörter befreiten sich aus dem Kopf, ein Moment nur wäre vonnöten, daß sie aufflögen für immer, aber du, wo bliebest du dann.

Ad Maiorem Dei Gloriam

Sagt man, macht man das, weiß nicht wie, weh tut es in jedem Fall, doch so habe ich dich, hast du mich, einander, Hase und Igel, sagt man, sagt, gegrüßest seist du, der Herr ist mit dir, bist voll der Gnaden, gebenedeit unter den Weibern, gebenedeit die Frucht deines Leibes. Dein Blick zuckt zurück hinter der Glasfront des Cafés gerade im Moment, da ich ihm begegnet wäre. Dächer, Regenrinnen und die oberste Fensterreihe der Häuser, die Brücken auch und das alte Frauenbad mit den Holzstegen und Sichtblenden am Fluß sind noch sonnig, auch der See und die Promenade, die Parkanlagen, die entlaubten Bäume, die Bänke und der feine Schotter auf den Wegen. Die Berge hinter weißem Dunst über dem Tal. Hier aber zwischen den Häusern, die Kopfsteinpflastergasse bergan, beginnt es schon dunkel zu werden, man sagt, empfindlich kühl. Immer wieder denke ich, als summte ich mit geschlossenem Mund, die Lippen vibrieren davon, Hase und Igel, beide schon da, der Igel schon da, und noch mal von vorn, sagt der Hase, wo bist du? So suche ich dich. Ist hier noch frei? Du nickst, sitzt ganz nah an der Tür, schaust nicht auf, als ich dich anspreche, als wäre dein Blick, der mir ins Gesicht schwenkte, nur ein Versehen gewesen, ich betrachte dich atemlos von der steilen Gasse, kalte Wangen und spröde Lippen, mein Blick, sagt man, ruht aus auf dir, setze mich. Du streifst die

Ärmel deines Kleides zu den Ellbogen hoch, legst einen deiner Arme so der Kante des dunklen, glattpolierten Holztisches an, daß die helle Haut sich kräuselt, als wäre sie lose. Mit der Hand des anderen Armes hältst du ein Buch offen auf dem Tisch, indem du weit gespreizt Ringfinger und Mittelfinger auf den Seiten abstützt. Ich lasse meinen Blick nicht von dir, und du drehst dich ohne aufzuschauen mit einem Schwung auf dem Stuhl, als wolltest du mich abwehren, wichest zurück und setzest zugleich dich in Positur. Schlägst die Beine übereinander, legst den Arm von der Tischkante auf die Lehne des Stuhles neben dich, schwer und weich auf den hölzernen Grad wie eine Schnecke gelassen über Messers Schneide. Liest, als wolltest du dich spiegeln im Buch, aufschlagen, in es hinein, doch die Drehung deiner Gestalt, des Halses und der gespreizten Finger deiner Hand, die sich im Gelenk zum Buch windet, widerspricht deinem Blick, ich sehe was, was du nicht siehst. Einen Moment nur, als der Kellner wissen möchte, was ich wünsche, lasse ich ab von dir, und er schwenkt das Tablett gerade wieder zur Theke herum, da fragst du mich etwas, beinahe noch in meine Bestellung hinein, und ich verstehe es nicht. Will endlich deinen Blick, dessen verwischter heller Eindruck durch die Glasscheibe wie ein schnell vorüberhuschendes Auto im Augenwinkel sich noch immer nicht verliert. Wie bitte? Jetzt endlich siehst du mich an, so, als wolltest du sagen, einverstanden, da bin ich, wie eine großzügig weite Geste deiner Hand, sie war noch sanft von Schlaf. Gegrüßest seist du, Hase und Igel, sagt man, noch mal von vorn, und schon fahren wir aus der

Stadt hinaus, du redest und dann steigen wir aus, Motor und Licht, du schließt den Wagen ab, gehst schweigend vor mir her, und ich sage, ich bin müde. Ich weiß, sagst du, voll der Gnaden, bleibst in einem Türrahmen stehen, machst erst Licht, als ich an dir vorbei bin im Raum, siehst mich an und lächelst, wie ein Zimmermädchen, denke ich, lege mich auf das Bett, und du kommst mir nach. Hast mir die ganze Zeit zuhören müssen, sagst du, tut mir leid. Ja. Deine trockenen Lippen streichen meine Kinnlinie entlang, vor dem Ohr hinauf und über die Schläfe, ich schließe die Augen, du ziehst mit den Zähnen an den Haaren der Brauen und küßt mich kurz, doch dein Mund schnellt nicht zurück, sondern verhält schwebend über meiner Stirn, ich spüre deinen Atem feucht, schlägt sich nieder auf der Haut, das kann ich sagen, sagen kann ich, ich verstehe es nicht, finde nichts, das mich hielte, was fragst du, natürlich, will gehalten sein, spüre deine Lippen, nah meiner Haut verführen sie verführender als Phryne sich selber, öffnen sich vergangenen Bildern, die ich hinter mir herschleife, bis du mich, Frucht deines Leibes, freisprichst von mir. Deine Haut, weit gespannt, reicht über alles, die Zeit hört auf mit deinem Blick, gegrüßet seist du, steigst mir ohne hinzusehen mit weiten Schritten durch die Wörter, springst leichtfüßig, man sagt, von Stein zu Stein, in deinen Kugelaugen spiegelt sich der Himmel, thronst blicklos wie hingewuchertes Moos unbedenklich, in deiner Haut, man sagt porentief rein, etwas wie die Aufforderung, als machte das nichts, mit den Nägeln sie abzureißen bis auf die Knochen, an denen die Fingernägel abbrechen, hältst still mit deinen spiegelnden Augen, und tritt man zurück mit zerschundenen blutigen Händen, sitzt du noch immer auf dem Stein, bietest lächelnd die Brust, und in deinen Augen spiegeln sich Himmel und man selbst und so weiter. Bitte für uns, jetzt und in der Stunde unseres Todes. Nach einer Weile beginnst du zu sprechen, mir so sah, daß es ist, als übertrügen meine Knochen die Schwingungen deiner Stimme, laut und leise zugleich sprichst du, ohne auf Gegenrede zu warten, und ich lehne mein Ohr gegen deine Wärme, als wäre da ein anmutig vielfach verziertes Gitter aus Rosenholz im Dunkel meiner geschlossenen Augen. Dein Atem läßt die Haare meiner Brauen zittern, und ich drehe den Kopf ein wenig zur Seite. Ist es dir unangenehm, fragst du und meinst nicht deine Nähe, sondern was du mir erzählst. Ist dir sicher egal. Nein, nein. Ich öffne die Augen und rücke ein wenig ab von deinem Mund. Wirklich nicht. Du räkelst dich, von meinem Widerspruch beruhigt, und beginnst wieder zu sprechen. Du bist so. Beendest den Satz nicht. Fragst nach einer Weile, ob ich dich schlecht fände. Wieder verneine ich. Weiß nicht, wie lange wir so liegen. Richtest dich auf und siehst mich an. Massierst du mich? Dreh dich um. Dir schmiegen sich die Wörter an, bis sie ihres Auges Bleiche hinhalsend bergen in der eignen Weiche. Finde ich dich, du mich, wir beide einander, man sagt, wir haben uns, so, oder so oder, weiß nicht, wie, alles wie von selbst, sagt man, sagt man das, wie von selbst, selbst ist der Mann, die Frau, beide schon da, der Igel schon da, und noch mal von vorn, sagt der Hase, die Ackerfurche entlang und schreiten einzeln ins Imaginäre. Wehe, wehe, wenn ich auf das Ende sehe, sehe ich uns beide, knöpfe dein Kleid auf, lege meine Hände auf deine Schulterblätter, und du sagst, das tut gut, winkelst die Arme ab, legst den Kopf auf die Hände, schließt die Augen, bist still und wartest. Von vorn, sagt man, macht man das, weiß nicht wie, weh tut es in jedem Fall, doch damit habe ich dich, hast du mich, einander, irgendwo, das muß genügen, wüßte ich auch mehr. Das reicht, sagt man, so oder so, und hat den Anfang, sagt, macht, daß ihr weiterkommt. Da hat es längst begonnen. Frag nicht warum, darum, larum, der Fuchs geht um. Meine Hände bewegungslos auf deiner warmen Haut. Es ist, als pulsierte etwas unter den Höckern deiner Schulterblätter. Mit den Daumen, abgespreizt zum Nacken hin, spüre ich deine Halswirbel. Rühre mich nicht. So geht das nicht, denke ich, sehe mir zu dabei. Nachmittagslicht fiel tief in die Dachwohnung, sieh mal das Licht, hatte ich sagen wollen, doch ungesehen verschwand es damals, nichts hat sich geändert, flüstere ich und du drehst ein wenig den Kopf, ungeduldig, denkst, was mach ich jetzt, hältst weiter still. Wer sagt, was tun, sagt, mehr Licht, im Westen, Morgenstund, im Osten geht sie unter, wortlos, Nachmittagslicht. Sieh doch, sag ich, alles so schön bunt hier, sag ich nicht, denke, hat schon, denke, hat doch, hat schon einer. Was denn, fragst du, sagst, sag schon. Ich sag es. Alles so schön bunt hier. Du lachst, als wär es, wie man sagt, ein Stück von mir. Da steckst du nicht drin, das hilft dir nichts, jetzt geht es los, und du wartest, daß ich sage, wie. Weiter oder aus. Nachmittagslicht. Das hatten wir schon, das kommt wieder, sagt man, das bleibt, Nachmittagslicht, das du, wie man so sagt, dir hinzudenken mußt, jetzt zu uns, die wir noch immer, wie wir uns verließen, sagt man, stehn. Ich sehe was, was du nicht siehst. Wo bist du? Weiß nicht, worauf es hinauswill, weiß nur, es könnte auch alles ganz anders sein, so, oder so, oder Kopf an Kopf, doch kein Rennen. Doch nimmt man, wie man sagt, vorlieb mit dem, was ist, wird es wirklich wie du und ich, da kann man nichts machen, nicht dran rütteln, plötzlich ist man unter seinesgleichen, wem gleich, wenn nicht uns, wenn ihr uns stecht, bluten wir nicht, sagt man, sagen wir nicht, reden einfach, Nachmittagslicht. So geht es nicht, denke ich wieder und drücke meine Schenkel an dich, du tust, als merktest du nichts, neunmalklug, sagt man, was Hänschen nicht lernt, so geht das nicht. Meine Hände gleiten auseinander, über deine Schulterblätter, wieder sagst du, das tut gut, froh, daß mein Zögern vorüber scheint. Fest umschließe ich deine Armkugeln, zuerst findest du, angenehm fest, doch dann immer fester, ziehe deine Schultern so nach hinten, daß du überrascht tief Luft einziehst. Da ist etwas, denke ich. Du spürst, wie dein Rücken sich entspannt, und murmelst, gut, gut, doch da landen, wie man sagt, meine Fäuste schon auf deinen Schulterblättern, die unter dem Schlag seltsam flattern, dein Hintern zuckt hoch, als wolltest du mich abschütteln, doch ich umklammere nur fester deine Hüften. Das war aber zu hart, sagst du. Ich denke, weiter so, ich komme dir näher. Zerreiße das Kleid bis zum Saum, denke, das kann ich nicht machen, du sagst, das kannst du nicht machen, willst dich zur Seite drehen, doch meine Hände liegen schon wieder auf deinen Schulterblättern und drücken dich fest auf das Bett. Doch, sage ich und lecke deine Wirbelsäule hinauf. Da ist etwas, weiß ich, versteckt vor mir, wo bist du, jetzt und in der Stunde unseres Todes. Hör auf, sagst du, das Gesicht in den Kissen, laß das, spielen wir was andres, ich hab genug, neues Spiel, neues Glück. Ich sage, die Lage ist aussichtslos, ich sehe was, was du nicht siehst, tut mir leid, ungeschehen läßt sich nichts machen, kann man nicht dran rütteln, kann man nicht ausradieren, mitgefangen, mitgehangen, sagt man, es kommt, wie es kommen muß, wehe, wehe, richte mich hoch auf über dir, krieg dich, sag ich, der Moment ist günstig, die Stunde gekommen, sage, was ich sehe. Und du wartest. So schön dieser Moment der Stille, daß ich die Augen schließe. Doch da spüre ich, daß sich etwas bewegt unter meiner Hand, etwas in deiner Schulter, obwohl du doch ruhig liegst, das Gesicht in den Kissen, etwas stülpt sich langsam aus deinem linken Schulterblatt aus. Fest presse ich dagegen. Laß das, hör endlich auf, schreist du, wirfst den Kopf hin und her und versuchst, mit den Händen nach hinten zu fassen. Komm, flüstere ich, kippe ein wenig nach vorn und setze ein Knie auf die Stelle, aus der es knospt, doch auf beiden Seiten wächst es jetzt, wachsweiß und knorpelig fest. Schnell. Ziehe dir den weißen Slip bis zu den Kniekehlen hinunter. Kannst du, beginnst du wieder mit leiser Stimme, nicht einfach absehen von mir, mich fallen lassen, bleiben lassen, wo der Pfeffer wächst, bitte, Ende gut, alles gut, all das. Kannst nicht mit meinen Augen sehen, sage ich, da steckst du nicht drin, sagt man, hat man je so was gesehen. Was denn, fragst du. Hast hinten keine

Augen, keine Ahnung, mischst dich in Sachen, die dich nichts angehen, sag ich, sieh doch. Sehe nichts, sagst du. Sag doch. Kein Sterbenswörtchen kommt mir über die Lippen, sag ich, hau doch ab, Bahn frei, Platz da, sagt man, tritt zur Seite, stehst mir im Weg, aus dieser hohlen Gasse, warum gehst du nicht endlich, Rückzug in allen Ehren, man sagt, Frontbegradigung, sag, warum bist du immer noch da, wo bist du? Was genug ist, ist genug. Hab alles versucht. Undankbarkeit ist der Welten Lohn, wie im Himmel, sagt man, so auf Erden, wo bist du, hast mich, sag ich, schmählich im Stich gelassen, Waffen deiner Wahl, wo und wie, hier und heute, Hieb und Stich. Aber, sagst du. Schnitt, Abblende, Überblende, Schwenk, Schwank, sag ich, und es hilft. Nicht von dieser Welt, sagt man, aber was heißt das schon. Wie du mir, so ich dir. Weißt ja nicht, wie das ist. Erst mal ich sagen, dann sehen wir weiter, dann kannst du über mich herziehen, doch erst mal ich sagen, erst sag mal ich, ich sag dir, das bringst du nicht, du nicht, du nie, einmal du, immer du, und das ist gut so, jeder ist sich selbst der Nächste. Wo versteckst du dich? Laß mich in Ruhe, schreist du, rück mir nicht auf die Pelle. Du schreibst mir nicht vor, sag ich, was zu tun und zu lassen ist, wohin kämen wir denn, Ordnung, sagt man, muß sein, du hältst dich da raus, hast nichts zu melden, bist nicht vom Fach, ich sag, wo es langgeht, es kehrt mir keiner den Rücken, das Unterste nach oben, vom Kopf auf die Füße, du kannst mich mal, komm mir nicht so, in die Quere, paß bloß auf, ich werf den ersten Stein, mach dich zum Hampelmann, stopf dich in die Flasche, dann ist Ruhe im Karton, ritze, ratze, in die

Brücke, wo ich hintrete, wächst kein Gras mehr, du schluckst Staub, ich mach dich platt, leg dich flach, das wird kein Honigschlecken, da weißt du nicht mehr, ob Männchen oder Weibchen, komm her, sag ich, nun komm schon, mach schon, mach hin, sag ich, und du mußt. Sage, hättest du doch dein freches Maul gehalten, wärst gegangen, als noch Zeit war, hättest den Abgang gemacht, die Fliege, was hast du denn erwartet, kannst mit mir nicht umspringen, wie es dir paßt, jetzt gibt es die Quittung, sagt man, man sagt, jetzt kommt jede Hilfe zu spät, wer sich in Gefahr begibt, soll sich nicht in andrer Leute Angelegenheiten mischen, plötzlich ist man auf den Leim gegangen, hängengeblieben, jeder hat sein Scherflein beizutragen, hättest besser Fersengeld gegeben, umsonst ist der Tod, jetzt wird nach meinen Regeln gespielt, bläst ein anderer Wind, der Ton macht die Musik, wollen doch mal sehen, wächst das Rettende auch, daß dir Hören und Sehen vergeht, wenn Blicke töten könnten, sagt man, man sagt, da hilft nichts, wer den kleinen Finger, Auge um Auge, man sagt, zum Schweigen gebracht, man sagt, du hast die Rechnung ohne den Wirt gemacht, man sagt, jetzt gehörst du mir, man sagt, die Haut bei lebendigem Leib abziehen, man sagt, Teeren und Federn, man sagt, Rädern und Strecken, man sagt, mit Hängen und Würgen, man sagt, alle Glieder einzeln ausreißen, man sagt, bis daß der Tod uns scheidet, man sagt, ich fick dich tot, man sagt, wehe. Da stülpen die Knorpel in deinen Schultern sich hoch aus, dir wachsen, weiß ich plötzlich, Flügel, darf nicht, jeder Engel ist schrecklich, ich beiße hinein. Verliere das Gleichgewicht und falle mit dem ganzen Körper auf dich, mein Gesicht in deinen schweißigen Nacken, spüre, wie es aus beiden Schulterblättern herauswächst, fest und doch weich, blendend hell sehe ich es flattern, klammere mich fest an dir. Für einen Moment fallen die Flügel kraftlos nach außen über deine Arme hinweg weit auf das Bettlaken, und mühsam richte ich mich wieder auf. Doch da windest du dich unter mir, bäumst dich auf und trägst mich nach oben mit weit ausholenden Bewegungen deiner Schwingen, tauchst unter mir weg im Sturzflug und schüttelst mich ab. Ich halte dich nicht mehr, schwebe über deinem Körper, schwerelos um meine eigene Achse, Sauerstoffschlauch, Versorgungskabel, ein großer Schritt für die Menschheit, dann falle ich hilflos auf dich hinab mit ausgebreiteten Armen, Landeklappen, schließe die Augen, Blindflug, zitternd schwebe ich ein, spüre, wie meine Hüftknochen andocken, Haut, Bodenkontakt, gelandet. Mein Schwanz versinkt zwischen Orient und Okzident, und dein Muskel umgreift ihn, flatternd weich erst, doch immer fester, wie eine Hand, ein Bohrfutter, dessen stählerne Backen sich schmerzhaft immer fester schließen. Siehe, sagst du, ich bin schön, meine Augen sind Tauben gleich hinter meinem Schleier. Mein Haar gleicht einer Herde von Ziegen, die vom Gileadberge herabkommen. Meine Brüste sind wie zwei Kitzen, wie Zwillinge von Gazellen, die weiden in den Lilien. Siehe, ich bin schön, sagt man, siehe, schön bin ich, sagst du. Gegrüßest seist du, ich.

R. O. M.

Nichts weißt du, nichts, nichts bist du, bist, wo du bist, nicht hier, doch dein Gesicht glimmt weiter, irrlichterndes Flackern, du huschst wie Kriechstrom mir schmerzhaft durch den Kopf, tief in den Boot-Sektor eingegraben, R. O. M. im Kopf, Cluster über Cluster dein Gesicht in mich eingesenkt wie eine Spur, verliere den Geschmack deiner Zunge nicht und die flatternde Erinnerung daran, wie dein Atem in meine Lider pustete und sie dunkel blähte, was hervorleckte aus deinem Mund, deine strahlend feste Flatterzunge, zog mich in den Dämmer, nie noch habe ich so wach geschlafen, deine Hand schwamm über mir, tunkte mich unter, schlafschwer summte mein Kopf, mir geschehe nach deinem Wort, und deine harten Finger drückten ihn durch deinen Mund hindurch, doch als ich erwachte und meinen Kopf wieder aus dir herauszog, konnte ich nichts mitnehmen. Nichts bist du, bist, wo du bist, nicht hier.

Der Besuch des Dichters

Du bist mir widerlich, und ich komme mit dem festen Vorsatz, dir zu sagen, was ich plane. Schließe leise die Tür zum Gang und suche deinen Blick im Halbdunkel des Zimmers, in dem die Lampe über dem Kopfende deines Bettes schon zu gelber Nachtbeleuchtung gedimmt ist. Der Raum voller Dunkelheiten schattenlos trübe, dein Kopf abgewandt, du schläfst, deine geschlossenen Augen zum Fenster hin, auf dem Nachttisch Blumen und Photos, im Zimmer derselbe säuerliche, spitze Geruch wie jede Nacht. Der Infusionsständer neben dem Bett, Glukose und isotonische Kochsalzlösung, der Plastikschlauch in der vena mediana cubiti, die kurzen Schläuche der Blasenkatheter, die unter der Decke hervorkommen wie Rattenschwänze, die Beutel am Bettgestell, das alles ist mir widerlich, ich will dich ungeschehen machen, stelle mir vor, wie es sein wird, während ich im Sessel sitze und warte, denke mir dich schon ganz nah an jener Membran, hinter der endlich nichts Erzählbares mehr bleiben wird. Aber noch träumst du von tiefgreifenden klimatischen Veränderungen, von Umstürzen in der Stratosphäre über deinen Augen, von Turbulenzen in deinem Nahbereich, die deinen Körper aus seiner Starre lösen könnten, in der er abgewandt und abgefallen von dir daliegt und für sich allein dem Regen vor den grünen Vorhängen draußen lauscht, der über die Wunde in dein

Bewußtsein dringt und ganz langsam, du bleibst schwer und widerwillig, in deinen Schlaf. Ein wenig graues Licht draußen, im Raum kühles Tropfengewirr, dein Traum ohne Wurzelgrund, aufgeschwemmt sein Boden, als zögen träge Rinnsale durch deinen Kopf und bestückten ihn mit den Bildern des maritimen Gerölls, das man findet bei Ebbe am Strand. Reste von Stühlen und Flaschen aus Plastik, deren Etiketten unleserlich geworden sind, Holz auch, Muscheln, Tang und Regenschirme angeschwemmt und aufgehoben taghell in deinem Traum. Es hat etwas liebenswert Vertrautes, der Arbeit des Thalamus zuzusehen, und vertrauter als deine reglose Hand auf dem Laken ist mir das Geplapper deiner Erinnerungen, sind mir die Ansichtskarten, Filmplakate, Briefmarken, Zeitungsausschnitte, Rezepte, Speisekarten, Verse, Eintrittskarten, Servietten, Illustriertenwitze, Rätsel und so weiter, gesammelt am Strand bei Ebbe zwischen den Flaschen und dem Tang, den Regenschirmen. Zehrst jetzt deine Tage auf, ißt und käust dich selbst wieder, befruchtest dich in deinen Träumen, und das funktioniert noch immer, als wäre nichts und dein Kopf nur schwanger so, daß er Welt aus sich stülpt im Schweiß. Doch da ist die Wunde, und der Schmerz treibt dich schließlich ins Wachsein, dein Kopf klappt her zu mir, ohne Überraschung siehst du mich an und greifst zugleich nach der Klingel, die sie dir aufs Bett gelegt haben. Eine Schwester kommt, reißt in der Tür noch die Verpackung des Schlauches auf, zieht mit der anderen Hand den Absauger zum Bett, und du lächelst. Die wenigen ineinanderübergehenden Handgriffe, das Anziehen des Gummihandschuhes, das Aufsetzen des sterilen Saugrohres, das Abziehen der Verpackung, ergeben einen routinierten Ablauf, der schnell ist, ohne aufgeregt zu sein. Doch als die Schwester die Decke vom Bett zurückschlägt, dir die Kompressen vom Bauch nimmt und der scharfe Geruch stärker noch in den Raum kommt, verschwindet dein Lächeln, dein Blick klappt zum Fenster, als es nicht aufhört, dir gelblich und dünnflüssig in den Bauchraum zu suppen und über die Wunde hinweg ins Bett. Die Schwester saugt ab und zieht dann mit nur einer Bewegung den Handschuh aus, stülpt ihn über den Schlauch und wirft beides weg, spült mit Kochsalzlösung, reibt die Wundränder mit Zinksalbe ein, deckt die Wunde wieder mit sterilen Kompressen ab, und es ist, als gelänge ihr nur in diesem eilfertigen Ablauf der Umgang mit dem sehr gefährlichen Tier, das dein Körper ist. Als sie dir ein neues Flügelhemd angezogen hat, kippt dein Blick endlich wieder herüber zu mir, du räusperst dich und fragst, ob wir nicht doch, zu spät nun gewiß, uns hätten zwischen den Dingen einrichten können und in der Erfindung Ähnlichkeit erzielen, wie ich, sagst du, sie jetzt kaum mehr habe mit mir, werde mir unähnlicher von Tag zu Tag, aber die Erfindung muß doch eine Ordnung haben, eine Ordnung, die Bestand hat gegen den lebendigen Leib, der mich auffrißt. Willst wissen, warum ich gekommen bin, und ich erkläre dir, daß es zu spät sei, daß ich dich verschwinden lassen müsse, daß es mir leid tue, wenn das schmerzhaft für dich sei, daß es aber nicht anders gehe. Dann gleich jetzt, sagst du. Sei nicht albern, entgegne ich und setze mich zu dir aufs Bett, sage, ich muß

Geschichten erfinden, in denen du keine Rolle mehr spielst. Einen Moment ist es still, und du siehst mich einfach an, dann aber richtest du dich weit auf, als käme dir aus dem abgedeckten Körper Kraft zu, und sagst, ich will nicht. Es funktioniert ja noch, beruhige ich dich, denke, wie das Teil eines Uhrwerkes arbeitest du in deiner Geschichte, verläßlich läuft alles noch weiter, weniger, aber zweifelsfrei, nur bist du mir widerlich, und ich will, daß es mit dir ein Ende hat, habe ein Recht darauf. Doch ich weiß, dein stiller Körper kümmert sich nicht um meine Einwendungen. Und als ahntest du, was ich denke, schüttelst du den Kopf und lächelst. Ich werde nicht verschwinden, schau her, deine Hand greift in die Luft, greift nach mir, rutscht ab am Schmerz und fängt sich erst an der Klingel wieder. Erneut hört man durch die offene Tür Schritte, Betten, die an Wände stoßen, Geräusche von Gerätschaften aus Metall und Glas, Rufe, die Schwester zieht das Laken von deinem Bauch, ich halte deine Hand, deren Haut lose und weich über den Knochen liegt. Denke daran, wie es einmal war, an die Geschichten, in die du mich hineingezogen hast, während der Unterdruckgenerator des Absaugers zu brummen beginnt und das schlürfende Geräusch des Schlauches sich langsam in deine Bauchhöhle senkt. Weißt du noch, sage ich, ohne auf dein trotziges Kopfschütteln zu achten und darauf, daß deine Hand sich mir entziehen will und ich sie festhalte so selbstverständlich, als wäre es meine eigene. Erzähl mir nichts, flüsterst du und schaust hinab an dir. Da liegt die Wunde gesäubert, klaffend von Brustbein bis Schambein, mit Kochsalzlösung gespült, die Wundränder mit Zinksalbe beschmiert, schwarz ausufernd in die Haut und innen lebendig zum Tod hin die Fisteln, die sich nicht schließen wollen, hysterectomia abdominalis, Ovarkarzinom. Ich lasse deine Hand, stehe auf und ziehe die Vorhänge beiseite. Draußen noch immer Regen in langsamen Tropfen, Bogenlampen, die glänzenden Asphaltwege zwischen den Gebäuden des Klinikums. Unerreichbar das Geschehen, wortlos dort, wo einmal dein Nabel war, dieser Mund, den keine Erfindung erreicht. Es läßt sich nicht ungeschehen machen, was längst sich aus den Worten fortgestohlen hat. Du sagst, ich solle es nochmals versuchen, vielleicht, daß es mir doch gelinge, dich neu zu erfinden. Die Stummheit deiner Haut ist mir widerlich, und ich weiß, ich habe keine Macht über sie.

Wahre Geschichte

»Ich will dir etwas erzählen«, sagst du, sprichst, als wäre nichts, wie nebenbei und ohne mich anzusehen. »Eine kleine Geschichte will ich dir erzählen.« Dreingabe, Fußnote, Marginalie denke ich, und, warum gerade jetzt. »Ich war noch sehr klein und ging immer mit den anderen zum Spielen auf eine Wiese.« Klein, klein, denk ich. »Die Älteren spielten dort Fußball, meistens beachteten sie uns nicht, verjagten uns manchmal vom Spielfeld.« Stelle mir vor, kleines Mädchen, wie du am Rande der Wiese mit deinen Freundinnen im hohen Gras sitzt, ganz still meist, und hinübersiehst zu den anderen, warum nur erzählst du mir das. »Einmal aber kam einer von den Jungen herüber zu uns.« Denke mir, von klein auf kennt ihr einander, er wohnt in derselben Straße wie du, und du hast ihm zugesehen beim Fußballspielen. »Er war älter als ich, älter als die meisten, und er sagte zu mir, ich solle mitkommen.« Nimmt er dich bei der Hand, Pferdchen, Kleines, Zukkerding, und lockt dich, wohin denn, ins Dunkel. »Er zog mich zu einem Wäldchen, ich wußte, er hatte ein Versteck dort, niemals ließ er jemanden hinein.« Ich stelle mir vor, wie der Junge seine Hütte baut in den dunkleren Nachmittagen am Ende des Winters, als die anderen nicht auf der Wiese sind, ganz allein ist er dort, und früh wird es dämmrig im Dornenhag, und jetzt sollst du es sein, die alles sieht, und er sagt, denke ich mir, beinahe zärtlich zu dir, komm, ich zeige dir was. »Ich wollte nicht«, sagst du. Nach einigen Schritten schon glaubst du, das Lachen der anderen klinge sehr weit entfernt, und du bleibst stehen, und er zieht dich weiter, sagt, als du dich umsiehst, laß sie, das hier ist besser. »Er nahm meine Hand, und wir krochen in das Gebüsch hinein. Ich wollte nicht.« Ich weiß, erzähl schon. »Er hatte seltsame Augen.« Die Augen, natürlich, und, denk ich, sein Mund weich und groß. »Wir krochen immer weiter, noch hörte ich die anderen, doch es ging weiter unter den Dornen hindurch.« Ich sehe die Schatten der Äste, höre die Geräusche der Blätter, die Stille im Unterholz. »Dann kamen wir auf eine Lichtung, und ich sah plötzlich Himmel.« Sehr still, denke ich, ist es neben dem Schlehdornbusch, sorgsam verhangen mit Ästen, die der Junge täglich erneuert, damit man den verwelkenden Blättern ihr Geheimnis nicht ansieht, sein Versteck, er biegt die Äste beiseite, und ihr kriecht beide hinein. »Ganz niedrig war es und eng, Bretter und Erde, eine alte Tür, Pappe auf dem Boden, ein Gang, doch Licht fiel von oben herein, etwas, ich weiß nicht mehr was, war darüber gespannt, eine Plastikfolie vielleicht.« Himmelblau, durchsichtig gespannt, nur den Wind hörst du, der die Folie bauscht. »Wir krochen, ich hatte Angst, immer tiefer hinein«, sagst du. Sprichst nicht weiter.

Korona

Zeit ist etwas, das die Haut entlangstreift, und die Erinnerung daran, wie ich am Fenster stand und hinaussah, fühlt sich an wie eine Berührung. Ich sah mich nicht um, soviel du auch riefst und batest, sah den ganzen Winter hinaus, sah zu, wie vor dem Fenster Schnee fiel, und sah so lange hinaus, bis ich an der eiskalten Scheibe festfror mit den Augen. Nicht mit den Lidern, den Brauen oder der Stirn, mit den Aufäpfeln haftete ich an der frostkalten Fensterscheibe, und sosehr du mich auch an den Schultern faßtest und rütteltest, fest hielten die Augen, auch, als du mich um die Taille nahmst, deine Hände über meinem Bauch wie die Schnalle eines Gürtels, und mit aller Kraft an mir zogst. Einmal waren als Kind mir die feuchten Fingerkuppen am Fenster haften geblieben und hatten nur schmerzhaft sich wieder lösen lassen, jetzt jedoch tat es nicht weh, glatt legte die Scheibe fest den Augen sich an, doch du hörtest nicht, daß ich dich bat, du sollest mich in Ruhe lassen, es tue nicht weh. Immer wieder rütteltest du und schütteltest mich, daß das Glas knirschte im Fensterrahmen, zogst mir die Arme nach hinten und ließest mich erst, als du keine Kraft mehr hattest. Später hörte ich deine Absätze auf den Dielen des Zimmers, wie du lange umhergingst, bis du schließlich an beiden Fußknöcheln mich nahmst und wieder zogst, den Boden mir weg, doch das machte nichts, es hielt mich das Fenster.

Deine Hände um meine Knöchel zogst du an mir, stemmtest die Füße fest auf, doch es half nichts, deine Hände rutschten ab an meinen Schuhen und Socken, zogst sie mir aus, und als ich mich noch immer nicht löste vom Glas, nahmst du ein Fußgelenk in die Hand und hieltest dich mit der anderen am Türrahmen, versuchtest wieder zu ziehen, zogst bis zur Erschöpfung, ich weiß nicht, wie lange, dann war ich allein. Ich sah in den Garten, sah zu, wie es Frühling wurde, der Schnee verschwand, grau noch das Gras, der Himmel leer und blau am Tag, wenn es Nacht war, sah ich ein Schimmern in den Pappeln oben und zwischen den Büschen und dem Rosenbeet. Erst als die Bäume Blätter bekamen, spürte ich deine Hände wieder und wie du zwischen mich und die Wand krochst, versuchtest, mich wegzudrücken, doch wieder bekamst du an den Kleidern mich nicht zu fassen, zogst schließlich alle mir aus. Es war Sommer inzwischen. Ich fror nicht, sah zu, wie die Sonne in den Zenit stieg, du griffst mir unter die Rippen, ich sah das gelbe Flirren des Ginsters. Später nahmst du fest eines meiner Beine, drücktest es an dich mit beiden Armen, es rührte sich nichts, doch plötzlich dann schlug ich gegen die Wand, wippte hin und her und spürte, daß ich zu bluten begann dort, wo du das Bein herausgerissen hattest, und auch als du gleich noch das andere ausrissest, was blieb dir denn auch, tat es nicht weh. Heiß war das Glas, blendend hell vor dem Fenster, gern hätte ich die Augen geschlossen, sah in die Sonne so lange, bis das Licht mir im Kopf stand überall bilderlos weiß, so, als hätte ich die Lider noch über den Augäpfeln, an die das Glas sich schmiegte, und sah, wie im Dunkeln, nichts. Lange saßest du im Schatten der Wand unter dem Fenster, die Beine gekreuzt, ich baumelte über dir ganz langsam und tropfte und sah die Nacht und den Tag, hörte dein Summen unter mir und dein Weinen, spürte, daß du mit den Fingerkuppen in deinem Schoß etwas auftunktest und feuchte Muster mir auf den Bauch maltest. Es war sehr still, gern hätte ich dich getröstet dort in der Schattenecke, doch es blieb keine Zeit, schon verdorrten das Gras und die Blätter am Baum, du saugtest und lutschtest an mir, dann bissest du es ab und nagtest und nagtest. Wolken trieben schnell über den Himmel und wechselten ihre Formen, eine hatte die Gestalt eines Kamels, dann die eines Wiesels, eine andere sah aus wie ein Walfisch so groß, ich hörte dich kauen und weinen, dann wurde es kalt über Nacht, Frost auf dem Gras, und die Blätter der Bäume waren verschwunden. Erst als es zu schneien begann und die Dielen seit Tagen in der Kälte des Zimmers knackten, standest du wieder auf vom Boden, hinter mir lange, ich hörte dich kauen, und nahmst schließlich, was noch übrig war von mir, wenig mehr als den Kopf, nahmst du zwischen Armbeuge und Brust, drehtest ihn aus den Gelenken der Augen heraus, und endlich sahst du, wie mit meinen Augen, durch mich hindurch in den Garten, und sahst, was ich sehe. Die kahlen Pappeln begrenzen den Garten, stehen am Ende des Rasenstücks in schwarzen Placken nasser Erde zwischen den Büschen, davor der Gartenstuhl im Schnee mit blauen Plastikschnüren, die das weiße Stahlrohrgestell als Sitzfläche und Lehne umspannen, gelb-brauner Rost bricht mit fleckigen Verkrustungen unregelmäßig und langsam immer mehr durch den Lack. Sichtbar als Erhebung im Schnee das Rosenbeet, kreisrund ummauert. Das Glas erwärmt sich am Tag und wird wieder kälter, wenn später von oben über das Fenster der Schatten des Daches sich langsam herabschiebt und das weiße Licht löscht, das schmerzhaft lang in meinen Augäpfeln hin und her sich spiegelt. Ist der Widerschein der Stadt in der Nacht nicht zu hell, schlafe ich ein wenig oder verfolge blinkende Satelliten auf ihrer langsamen Bahn. An manchen Tagen denke ich, irgendwann im langen Hinsehen müßte etwas erscheinen, das schon immer dagewesen und doch von einer Neuheit wäre, die, was ich sehe, nicht hat, denke, ich muß nur warten, bis alles zusammenschießt zu einem Gesicht. Ich erinnere mich daran, daß ich von dir träumte. Jetzt nicht mehr. Jetzt erinnere ich mich, daß ich mich daran erinnerte. Die Pappeln sind weit im grauen Himmel, und das dünne Geäder ihrer Spiegelung auf dem kalten Glas und meinen Augen verliert sich im Dämmer unendlich langsam. Was mich begrenzt, ist wie jener Vorhof des Mondes, der sich bildet, wenn man sagt, der Mond ziehe Wasser, jener helle Lichtkranz wie abgezirkelt, der bei der Sonne eine Bezeichnung hat, die ich vergaß und von der ich nicht weiß, ob sie auch auf den Vorhof zutrifft, den ich oft nachts um den Mond sehe und mir immer überlege dabei, ob ich so wohl die Linie mir vorstellen könne, die mich umgibt, ohne daß ich sagen könnte, was sie begrenzt.

Inhalt